Willi Fährmann

Als Oma das Papier noch bügelte

Willi Fährmann

Als Oma das Papier noch bügelte

Erlebte Geschichten

Verlag Butzon & Bercker Kevelaer

Die Deutsche Bibliothek – CIP-Einheitsaufnahme

Fährmann, Willi :
Als Oma das Papier noch bügelte : erlebte Geschichten / Willi Fährmann. – 2. Aufl. – Kevelaer : Butzon und Bercker, 1997
(Bercker Senioren)

ISBN 3-7666-0013-3

verlags gruppe engagement

ISBN 3-7666-0013-3

2. Auflage 1997

Umschlaggestaltung: Astrid Leson, Münster
Satz: Greiner & Reichel, Köln

Inhalt

Als Oma das Papier noch bügelte

Der Freitag war auf jeden Fall ein besonderer Tag für mich. Ich durfte ihn nämlich von vormittags bis zum späten Nachmittag bei meiner Oma verbringen. Und meine Oma, die war für mich das ein und alles. Sie konnte nämlich wunderbare Geschichten erzählen, und sie tat es auch gern. Ich war der einzige Enkel, der in der Nähe wohnte. Die zahlreichen anderen Enkelkinder aus Holland oder aus dem Sauerland besuchten meine Oma nur gelegentlich in den Ferien. Ich fand, das reichte auch. Denn diese Oma war für mich vor allem meine Oma, und ich habe sie selbst in den Ferien nur widerwillig mit meinen Vettern und Cousinen geteilt. Das Besondere an ihr war, daß sie mich an fast allem, was sie auch tat, beteiligte. Beim Einkauf trug ich ihr den Henkelkorb. Das war auch nötig, denn sie war kurzatmig und mußte selbst auf dem Weg bis zum Laden von Collins dreimal stehenbleiben und verschnaufen. Dafür kochte sie freitags auch mein Lieblingsessen. Möhren durcheinander oder winzig kleine Pellkartoffeln, die ich dann besonders mochte, wenn Oma in einer Pfanne Speck ausbriet und gebräunte Zwiebeln brutzelte. Die Kartoffeln gepellt, mit einer Gabel aufgespießt und durch

das Fett gerührt, hmm, mir läuft heute noch das Wasser im Mund zusammen.
Höhepunkt am Freitag war jedoch das Zubereiten des Weißbrotteigs für den großen Stuten, der jeden Samstagabend angeschnitten wurde. Ich durfte mitmischen, mitkneten und ihn zusammen mit ihr in die lange Weißbrotform drücken. Dann kam jene spannende halbe Stunde, in der der Teig, mit einem frischen Küchenhandtuch sorgfältig abgedeckt, aufgehen mußte. Doch die Hefe, die ihn auftreiben sollte, war meistens frisch und tat das, was man von ihr erwartete.
„So, nun kannst du den Teig zum Abbacken zu Bäcker Jochums bringen", sagte sie schließlich. „Aber halte die Form schön ruhig, damit nicht alles wieder zusammenfällt." Sie legte ein kleines weißes Zettelchen auf den Teig. Darauf hatte sie ihren Namen geschrieben: Tilla Lohgerber.
Am Nachmittag drückte sie mir fünf Pfennig in die Hand. Das war das Geld, was der Bäcker für das Abbacken verlangte. Ich zog los. Unter den vielen Broten, die im Regal zum Abholen fertig standen, erkannte ich sofort „unser" Brot. Auch die Bäckersfrau brauchte keinen Blick auf das Schildchen zu werfen.
„Wieder mal schön geworden", sagte sie und deckte das Brot mit Seidenpapier ab.

Dann nahm sie ein Stück von einer Kante, die ihr Mann von dem Kuchen auf der Platte abgeschnitten hatte, und gab es mir. Ich zahlte die fünf Pfennig, ließ mir die Kuchenkante schmecken und zog davon. Das Brot war noch warm.
Oma begutachtete es. Der Teig war bis hoch über den Rand der Form emporgequollen und hellbraun gebacken.
„Der Jochums versteht was von seinem Handwerk", lobte sie den Bäcker. Das Brot wurde auf der Kommode im Wohnzimmer abgestellt. Das Seidenpapier jedoch kam nicht in den Abfall. Oma breitete eine Bügeldecke über den Küchentisch, legte das Papier darauf und ging zum Kohlenherd in der Ecke. Dort stand immer ein eisernes Bügeleisen hinten auf der heißen Herdplatte. Das nahm sie und bügelte das Seidenpapier glatt, faltete es sorgfältig zusammen und legte es in eine besondere Schublade im Küchenschrank. Wozu sie es eigentlich später benützte, das habe ich nie herausbekommen.
Das war mit dem Zeitungspapier anders. Auch das war zu kostbar, als daß man es fortgeworfen hätte.
Der frühe Morgen begann gleich mit Zeitungspapier. Es standen damals immer die Frauen als erste auf. Oma kam in die kalte

Küche. Welches Haus hatte schon eine Heizung! Es mußte zuallererst Feuer im Herd gemacht werden. Wie hätte das wohl ohne Zeitungspapier gehen sollen? Oma knüllte also ein Doppelblatt einer alten Zeitung zusammen, steckte es in das Feuerloch, schichtete Kleinholz darauf und zündete das Feuer an. Wenig später wurde eine Schaufel Kohlen nachgeschoben. Allmählich wurde es in der Küche warm.

Nun kam auch der Opa aus dem Schlafzimmer, tippte mit dem Finger an den Wasserkessel, der mitten auf dem Herd stand, und schüttete etwas von dem warmen Wasser in ein Schälchen. Dann legte er sein Rasierzeug zurecht. Zunächst mußte das Rasiermesser geschliffen werden. Er klappte es auf, hängte seinen Leibriemen an den Fenstergriff und wetzte das Messer hin und her. Wenn er die Schärfe prüfen wollte, nahm er ein Stück von der Zeitung, hielt es mit zwei Fingern der linken Hand fest und schnitt mit dem Messer hinein. Wenn sich das Papier beim Schneiden bewegte, war das Rasiermesser nicht rasiermesserscharf. Wie durch Butter mußte das Messer durch das Papier gleiten. In dem Wasserschälchen schlug er dann mit einem kurzen Pinsel aus Dachshaaren und einem runden Seifenstückchen Rasierschaum, strich sein Gesicht

dick damit ein und schabte dann Bart und Schaum mit dem Messer ab. An einer alten Zeitung wurde das Messer immer wieder abgewischt. Es kam häufiger vor, daß er sich beim Rasieren einen kleinen Schnitt zufügte. Es blutete ein wenig. Doch Hilfe war schnell zur Hand. Es gab einen Stein, so groß wie eine Streichholzschachtel, und er sah aus wie ein Stück Eis. Wenn man mit diesem Alaunstein auf die Wunde tupfte, hörte die sofort zu bluten auf. Aber diese Medizin biß auf der Haut. Und harte Männer waren zu allen Zeiten selten. Die meisten jedenfalls und auch mein Opa rissen eine kleine Ecke von der Zeitung ab und pappten das Papier auf die Schnittstelle. Das half genauso gut wie der Alaunstein.
Bevor Opa jedoch das Haus verließ, fragte er jedesmal seine Frau: „Tilla, hab' ich noch ein Pflaster im Gesicht?"
Das Brot, das er mit zur Arbeit nahm, wurde zwar in Butterbrotpapier eingeschlagen, aber dann doch noch in Zeitungspapier eingewickelt. Denn kein Arbeiter, kein Kind in der Volksschule hätte das Butterbrotpapier nach dem ersten Gebrauch in den Papierkorb geworfen. Es wurde vielmehr sorgfältig zusammengefaltet und nach Hause getragen. Manchmal wurde es die ganze Woche lang zum Einwickeln des Brotes benützt. Die äußere

Zeitungshülle sollte verhindern, daß das Butterbrotpapier von außen schmutzig wurde.
Sicher, beim Frühstück las Opa in der neuen Zeitung. Dann brach er auf und schob sein Fahrrad aus dem Schuppen in den Hof.
„Tilla", rief er meiner Oma zu, „wirf mir bitte zwei Zeitungsblätter herunter. Es ist heute kühl."
Diese Blätter schob er sich als Kälteschutz unter die Jacke. Die Landstreicher und die Radrennfahrer haben es nicht vergessen, wie warm Zeitungen den Körper halten.
Wenn ich dann wenig später bei meiner Oma schellte, dann schaute sie aus dem Fenster.
„Ich bin's, Oma", rief ich ihr zu. Sie wickelte den großen, eisernen Hausschlüssel in eine Zeitung und warf ihn mir herunter. Sie konnte übrigens, was damals vielen alten Frauen nicht schwerfiel, aus Zeitungspapier herrliche Sachen falten, einen Hut, ein Schiffchen, eine Schwalbe, ein Pferdchen, ein Windrad oder auch ein Gebilde, das wir Himmel und Hölle nannten.
Hatte ich an Regentagen feuchte Schuhe, dann mußte ich sie ausziehen. Es wurde eine Zeitung hineingestopft. Das Papier saugte das Wasser bald aus dem Leder.
Nebenan die Brunecks hatten viele Kinder. Wenn eines der kleineren unbedingt ein paar

neue Schuhe brauchte, dann wurde zunächst einmal nachgeschaut, ob die älteren nicht ein Paar besaßen, das ihnen zu klein geworden war. Paßten die dann nicht, weil die kleineren Füße den Schuh nicht ganz ausfüllten, dann wurde kurzerhand soviel Zeitungspapier in die Spitze gepreßt, bis das Innere des Schuhs klein genug war. Ich mußte gelegentlich aus Zeitungspapier handlange Stäbe falten. Wir nannten sie „Fimmkes", aber im Lexikon sind sie wohl eher unter „Fidibus" zu finden. Diese Fidibusse wurden im Bündel hinten an die Herdstange gehängt. Wenn Opa sich eine Pfeife anzünden wollte oder sich an Feiertagen eine Festtagszigarre genehmigte, dann hätte er doch beim Anzünden kein Streichholz verschwendet! Er hielt die Spitze des Fidibus in das Feuer und brachte Pfeife oder Zigarre zum Glühen. Er hatte dicke Schwielen an den Händen. Ich habe immer bewundert, daß er die Flamme des Fidibus mit den bloßen Fingern ersticken konnte.

Auch wurde das Zeitungspapier gebraucht, wenn nach dem Fensterputzen das Glas blank gescheuert werden mußte. Die zusammengeknüllte Zeitung schaffte das bestimmt genausogut wie irgendein Spray aus der Dose. Aber irgendwann hatte auch früher das Zeitungsleben ein Ende. Jeden Sonntag nach dem

Kirchgang setzte sich Opa auf die Bank hinter den Tisch. Vor sich hatte er den ganzen Stapel der noch übriggebliebenen Zeitungsblätter liegen. Und eine scharfe Schere. Zunächst wurde der Roman ausgeschnitten, jenes Stück eines Buches, das in Fortsetzungen ja auch heute noch in den Zeitungen abgedruckt wird. Diese Ausschnitte wurden gesammelt. Wenn eines Tages „Letzte Fortsetzung" unter dem Schlußkapitel stand, dann wurden die Einzelteile mit einer dünnen Kordel zu einem Bündel zusammengeschnürt und in die Schrankschublade gelegt. Fand sich für Oma oder Opa irgendwann eine Lesezeit, dann hatten sie ein kostenloses Buch auf Einzelblättern.

Der Rest der Zeitung wurde schließlich in gleich große Stücke zerschnitten und zu einem Block zusammengelegt. Mit der Scherenspitze bohrte Opa ein Loch durch den Block, zog eine Kordel ein, machte einen Knoten und legte ihn zur Benutzung bereit.

Wozu dieses Papier gut war, diese Frage hat mir in den letzten Jahren kein Grundschulkind mehr richtig beantworten können.

„Er wollte für die Oma einen Kalender machen."

„Er war ja so sparsam und wollte den Block für Notizen nützen."

„Er wollte ein Daumenkino machen."

„Er hat es bereitgelegt für die Altpapiersammlung.“
Das ist nur eine bescheidene Aufzählung phantasievoller Antworten. Ich führe die Kinder in Gedanken aufs Klo. Dort hängt der Opa das Bündel an einem Nagel auf. Einige wissen jetzt Bescheid. Andere sagen mir: „Ja, ja, es ist auf dem Klo immer langweilig. Der Opa, der wollte dort lesen.“
Endlich kommt heraus, wozu das Papier benutzt wurde. In manchen Kindergesichtern spiegelt sich Entsetzen.
„Das Zeitungspapier färbt doch“, höre ich dann und wann. Doch ich beruhige die Kinder und verweise darauf, daß die meisten Menschen das nicht merken, weil sie sich diese Stelle ja nicht anschauen können. Einmal wies mich ein Kind darauf hin, daß das Papier doch viel zu glatt sei. Da fiel mir ein, daß es vor dem Gebrauch zerknittert werden mußte, damit es schön griffig wurde.
Noch ist die Geschichte vom Zeitungspapier nicht ganz zu Ende. Ich muß noch einmal auf den ausgeschnittenen Roman zurückkommen. Meine Oma war nämlich schon in jüngeren Jahren eine begeisterte Leserin. Doch bei fünf Kindern, keiner Waschmaschine, keinem Badezimmer, ohne fließendes Wasser in der Küche, ohne elektrischen Strom und noch viel

mehr, was es damals noch nicht gab, blieb zum Lesen nicht viel Zeit. Die einzigen zehn Minuten, in denen sie ungestört blieb, waren die Minuten auf dem Klo. Mein Opa hatte einen guten Einfall gehabt. Damit die einzelnen Romanstücke nicht durcheinandergerieten, hatte er sie alle zu einer langen Schlange zusammengeklebt und zu einer dicken Rolle aufgerollt. Oma spannte ein Einmachgummi darum und nahm die Rolle mit zum Klo. Dort legte sie das Rollenbuch hoch oben auf den Wasserkessel. Das war jener Behälter, an dessen Seite eine dünne Kette mit einem Griff hing. Wenn man an dieser Kette zog, rauschte das Wasser herab und spülte das Klo sauber.

Meine Oma war eine friedliebende Frau, aber wenn ihr einer an diese Rolle ging, dann wurde sie fuchsteufelswild. Jedesmal, wenn sie nun zum Klo mußte, nahm sie die Rolle herunter, streifte das Einmachgummi ab, riß ein Romanstück von der Rolle, schob das Gummi wieder darüber und stellte sie zurück auf den Wasserbehälter. Während sie nun ihr Geschäft erledigte, las sie den Romanabschnitt und führte ihn endlich dem Endverbrauch zu.

Diese Letztverwendung des Zeitungspapiers ist vielfach verbürgt. Aber in unserer Familie wurde immer wieder eine besondere Ge-

schichte erzählt. In dem heißen Sommer 1899, als meine Oma noch eine junge Frau war, sei sie auch eines Tages zum Klo gegangen. Wegen der drückenden Hitze habe sie das Klofenster nicht geschlossen. Und da habe ein junger Mann aus dem gegenüberliegenden Hause das alles mit angesehen, wie sie die Rolle herunternahm, das Gummi löste, ein Romanstück abriß, das Gummi wieder über die Rolle streifte und sie zurückstellte auf das Wasserbecken, wie sie las, usw. usw.
Da habe der junge Mann vor sich hin gemurmelt: „Was hat die Tilla Lohgerber denn da für eine tolle Sache erfunden! Das Klopapier auf Rollen!"
Wenig später sei er ins Sauerland gezogen. Dort wachsen ja bekanntlich viele Bäume. Die lieferten ihm das Holz für die Papierherstellung. In einer zunächst kleinen Fabrik habe er das Klopapier auf Rollen produziert, und das sei ein Erfolg gewesen, der sich schnell in der halben Welt herumgesprochen habe.
Nun, es geht wohl den meisten Erfindern wie meiner Oma, sie machen eine weltbewegende Erfindung, und andere machen die Geschäfte damit. Ich bin nicht sicher, ob sich die Erfindung des Klopapiers wirklich in allen Einzelheiten so abgespielt hat, aber genau weiß ich es, daß meine Oma eine ganz besondere Frau

gewesen ist. Und eine Erfinderin nicht nur von tollen Geschichten war sie auch.
Als sie starb, war ich sechzehn Jahre alt. Zum ersten Male in meinem Leben habe ich getrauert, anders und tiefer als je zuvor. Und ich schreibe das alles auf, damit sie auch in ihren Geschichten weiterlebt.

Die Badewanne

Wir waren eine saubere Familie. Saubere Familien konnten zu meiner Kinderzeit im Ruhrgebiet leicht erkannt werden: Samstags wurde gebadet.
Unsere Zweizimmerwohnung, Küche, Schlafzimmer, Vorratskammer, Klo für zwei Familien, immerhin bereits auf der Etage und mit Wasserspülung, unsere Wohnung also bot wenig Platz für ein gründliches Bad. Deshalb ging ich an der Hand der Mutter zur Oma in die Welkenbergstraße. Die hatte eine schöne, große Badewanne. Sie sah aus wie ein Sargdekkel, war aus Zinkblech und lief am Fußende schmaler zu. Opa hatte sie schon aus der Kammer im Anbau geholt. Dort hing sie die Woche über an der Wand. Samstags aber stand sie be-

reits am Nachmittag nicht weit entfernt vom Kohlenherd in der Küche. Auf dem Herd wurde in einem Emaillekessel, weiß mit blauem Rändchen, Wasser erhitzt. Zehn Eimer Wasser hatte mein Onkel Heinrich vom Kran im Flur, der einzigen Zapfstelle auf der ganzen Etage, in die Küche getragen und in den Kessel geschüttet. Ein Höllenfeuer wurde entfacht. Nur Stückkohle vom Hausbrand kam zur Verwendung. Der Kohlengries wurde für Zeiten aufgehoben, in denen es nicht so sehr darauf ankam, daß die Hitze die Platte des Herdes sanft erglühen ließ. Opa prokelte mit dem Stocheisen die Asche durch den Rost und orakelte: „Ein guter Zug ist das halbe Feuer."

Endlich begann der Deckel auf dem Kessel zu klappern. Oma hob ihn herab. Sie schützte die Hand mit dem Topflappen. Wasserdampf schoß in Schwaden in die Küche. Oma griff nach der großen Schäpp – das war eine überdimensionale Suppenkelle – und begann, von dem kochenden Wasser in die Wanne zu schöpfen. Kaltes Wasser wurde dazugegossen. „Willi, du kannst einsteigen!", sagte sie schließlich und fuhr probehalber noch einmal mit der Hand durch das Wasser. „Es ist schön warm."

Ich begann zu schreien. Ich war noch nicht in der Schule, und bis zu diesem Zeitpunkt durf-

ten die Jungen noch lange Haare tragen. Bei mir war es ein weißblonder Lockenkopf, der Stolz meiner Mutter. Ab sechs wurde jeder Junge dann Opfer des Hausfriseurs. Das war ein Arbeitsloser, der von sich glaubte, daß er Haare schneiden konnte. Für Glatze mit Vorgarten, ein Kahlkopf mit einem winzigen Pony über den Augenbrauen, reichte es in der Tat bei den meisten.
Der Grund meines Geschreis war eben dieser schöne Lockenkopf. Shampoon war nämlich selbst als Wort unbekannt, und für die Haarwäsche schien die Kernseife gut geeignet. Ich nehme an, daß die Haare tatsächlich sauber wurden. Leider biß diese Seife auch ganz erbärmlich in den Augen. Und da war ich nun mal besonders empfindlich.
Schreien half nichts. Der Kopf wurde gewaschen. Mit einem Handtuch wurde er abgetrocknet. Föhn kannte ich, aber das war, wie Onkel Heinrich damals erzählte, ein warmer Wind im Voralpenland. Daß man den Wind auch selbst machen konnte, haben die Menschen in der Welkenbergstraße und auch wahrscheinlich im ganzen Duisburg-Beeck erst viele Jahre später gelernt.
Arme, Beine, Körper, das alles zu waschen war eher ein Vergnügen. Schließlich war ich fertig. Nun wäre ich ja gern in der Wanne geblieben.

Aber das ging nicht. Ich mußte heraus. Mein Vater, ein Masure mit einem weichen Herzen, hatte Mitleid mit mir und faltete mir aus Zeitungspapier ein Schiffchen. Das setzte er behutsam ins Badewasser. Solange das Schiffchen schwamm, durfte ich im warmen Wasser bleiben. Ich saß mucksmäuschenstill, damit kein Wellengang das Schiff kentern ließ. Aber länger als drei Minuten hielt es sich niemals über Wasser. Für den Schiffsbau ist Zeitungspapier wohl doch nicht ganz das richtige. Da gab es früher zweckmäßigere Verwendungen: Das Feuer wurde am Morgen mit Zeitungspapier angezündet. Das Butterbrot für den Opa war zwar in Butterbrotpapier eingeschlagen, aber darum wurde eine Zeitung gewickelt. Das Butterbrotpapier mußte sauber bleiben. Denn Opa faltete es nach der Frühstückspause sorgsam zusammen und trug es wieder nach Hause. Es wurde gewöhnlich eine ganze Woche lang benutzt.
War es kalt oder wehte ein harter Wind, dann schob Opa sich eine Zeitung unter den Pullover, bevor er aufs Fahrrad stieg. Zeitungspapier hält warm. Die Landstreicher haben es nicht vergessen. Wenn es schellte, wurde der Schlüssel in Zeitungspapier gewickelt und auf die Straße geworfen. Der Besucher kannte das und öffnete sich selbst die Tür.

Höhepunkt im Leben einer Zeitung war der Sonntagmorgen. Opa hatte einen aus Zeitung gefalteten Fidibus an seine Sonntagszigarre gehalten und paffte blaue Wolken in die Küche. Er saß auf der Bank hinter dem Küchentisch. Vor sich hatte er den ganzen Stapel der in der Woche übriggebliebenen Zeitungen liegen und ein scharfes Brotmesser. Er zerteilte das Papier in lauter handliche Stücke, legte diese zu einem Block aufeinander, bohrte mit der Scherenspitze ein Loch am oberen Ende durch den Stapel und zog eine Schnur hindurch. Die verknotete er und stapfte mit dem Bündel an der Hand eine Halbtreppe tiefer an jenen Ort, der, weiß der Kuckuck warum, straßauf, straßab A–B hieß.

Aber zurück in die Badewanne. Mein Schiff sank schließlich. Ich wurde aus dem Wasser gehoben und auf die Kiste neben dem Herd gesetzt. Ein großes Handtuch hüllte mich ein. Vor der Wanne wurden nun drei Stühle mit hohen Lehnen aufgestellt. Darüber breitete die Oma sorgfältig Kleidungsstücke aus. Nein, nicht zum Waschen, nicht zum Anziehen, nicht zum Vorwärmen. Sie baute die spanische Wand der armen Katholiken auf. Denn nun stieg meine Mutter in das Wasser, und die wollte nicht gesehen werden. Meine Oma folgte, wenn Mutter sich sauber wähnte. Und

Oma wollte schon gar nicht gesehen werden. Sie legte sogar noch ein Handtuch über die Türklinke, damit niemand hereinspingsen konnte. Die Reihenfolge des Bades war genau festgelegt. Es ging bei den Männern nach dem Alter. Meinem Onkel Heinrich folgte mein Vater und schließlich als letzter der Opa.
Ja, es war dasselbe Wasser. Aber nach jedem Bad nahm meine Oma die große Schäpp, schöpfte den Schmand ab, Dreck schwimmt ja oben, und füllte etwas von dem heißen Wasser nach.
Ich weiß nicht abzuschätzen, wie lange die Badeszene eigentlich dauerte. Wenn in dem noch lauwarmen Wasser die Männersocken gewaschen und schließlich der Boden der Küche aufgewischt worden war, dann schleppte mein Onkel Heinrich den Rest Eimer für Eimer hinaus in den Ausguß, Oma scheuerte die Wanne, und Opa trug sie zurück in die Kammer.
Wir aber saßen rund um den Tisch. Der beim Bäcker aus dem selbstgefertigten Teig abgebakkene Stuten duftete. Auf die Margarine wurde am Samstagabend – und nur am Samstagabend – Käse oder Fleischwurst gelegt. Das übliche Rübenkraut stand zwar auch auf dem Tisch, aber nur wenn Oma gut gelaunt war, erlaubte sie, daß über den Holländerkäse noch ein Hauch von dem süßen Kraut gestrichen wurde.

Und dann begann die Kinderseligkeit. Es wurden Geschichten erzählt. Das Zauberwort hieß: von früher. Von noch früher natürlich. Gute alte Zeit? Na, ich weiß nicht recht. Mein Onkel Heinrich, der das Wasser schleppen mußte, denkt bestimmt anders darüber.

Liter für Literatur

Als meine Mutter meinen Vater heiraten wollte – auch die Reihenfolge stimmt –, da weigerte er sich. Die Männer hatten 1928 noch einen für heute unbegreiflichen Stolz, sie wollten nicht heiraten, wenn sie keine Familie ernähren konnten. Die Zeiten waren schlecht, und Paul Fährmann war arbeitslos geworden. Die Arbeitslosenunterstützung war so gering, daß mein Vater gerade die Miete für seine Schlafstelle damit bezahlen konnte. Meine Mutter hingegen hatte einen Beruf. Sie war Beiköchin – was immer das ist – bei der Familie König, der die große Brauerei in Beeck gehörte.
Eines Tages fiel der Frau König auf, daß Franziska ganz gegen ihr sonstiges Naturell bedrückt und mit sorgenvoller Miene ihre Arbeit verrichtete. Auch sang sie nicht mehr in

der Küche, was Frau König allerdings ganz gut gefiel, denn meine Mutter konnte den Ton nicht halten, und selbst das Lied von Mariechen, die weinend im Garten saß, klang zum Mitweinen. Doch Frau König fragte schließlich meine Mutter: „Was ist mit Ihnen los, Franziska?“, da öffneten sich die Quellen. Meine Mutter heulte, nahm ihre Brille ab und schlug die Hände vor die Augen. Schließlich wußte Frau König, was los war. Was noch niemals bei einem Dienstmädchen vorgekommen war, geschah: Sie legte ihr den Arm um die Schulter und versprach: „Nun heulen Sie mal nicht, Franziska! Wenn der Paul Fährmann Sie heiratet, dann schenke ich zur Hochzeit für ihn eine Arbeitsstelle in der Brauerei.“

Diesem Reiz konnte mein Vater nicht widerstehen. Es wurde wenige Wochen später geheiratet, und Frau König hielt Wort. Mein Vater hatte in seiner ostpreußischen Heimat das Handwerk eines Maschinenschlossers gelernt und mußte in der Brauerei die beiden riesigen Dampfmaschinen, die Energiespender des ganzen Werkes, warten und pflegen. Er war glücklich mit seiner jungen Frau und dem neuen Beruf.

Doch eines gefiel Franziska und Paul nicht besonders. Der Lohn in der König-Brauerei – und wohl in den meisten Brauereien im Land – wurde nämlich nicht restlos in Mark und Pfennig ausgezahlt. Ein Teil des Verdienstes wurde in Naturalien abgeglichen. Täglich schleppte mein Vater sechs Flaschen Bier mit nach Hause, das Deputat. Weil es keinen unmäßigen Biertrinker in unserer näheren Verwandtschaft gab, waren sechs halbe Liter täglich viel zuviel. In unserer winzigen Vorratskammer stapelten sich die Flaschen. Oft habe ich meine Mutter später vor dem Ausguß stehen sehen, in jeder Hand eine Flasche. Sie schnackte mit den Daumen die Porzellanverschlüsse auf, goß das Bier in das Becken und sagte dabei: „Schafft Raum, ihr Völker." Es war nämlich streng verboten, das Deputatbier zu verkaufen.

Der gelbe Gerstensaft brachte häufig Besuch ins Haus. In unserer Straße wohnten vorwiegend Arbeiterfamilien. Sie verdienten wahrscheinlich auf der Thyssenhütte oder auf dem Schacht Beeckerwerth weniger als mein Vater in der Brauerei. Die meisten Männer in unserer Nachbarschaft gaben freitags die geschlossenen Lohntüten den Frauen, und die teilten das in der Woche verdiente Geld ein, hielten etwas für die Miete zurück, nahmen, was sie für den Haushalt brauchten, gaben den Männern ein Taschengeld, und wenn es eben mög-

lich war, legten sie einen Notgroschen auf die hohe Kante. Diese hohe Kante war bei uns eine große Zwiebelmustertasse, die ganz oben im Küchenschrank stand. Aber bei 72 Pfennig Stundenlohn blieb nicht viel für diese Sparkasse übrig.
Die Männer, die oft am Nachmittag für ein Viertelstündchen in Fährmanns Küche rund um den Küchentisch saßen, konnten ein Glas Bier trinken oder, wenn es hochkam, eine Flasche. Für lau, sagte man bei uns, das heißt, es brauchte nichts dafür bezahlt zu werden. Das ließ sich kein Mann aus der Nachbarschaft entgehen. Besäufnisse habe ich in meinen Kinderjahren nur zweimal erlebt, einmal, als mein Vater im Schachclub der Brauerei einen ersten Preis gewonnen hatte, ein anderes Mal, als sein älterer Bruder aus dem fernen Liebenberg ihm mitteilte, daß mein Großvater mit 90 Jahren seinen ehemals scharfen Verstand immer mehr eingebüßt hatte.
Die Nachbarsfrauen sahen es übrigens nicht gern, daß ihre Männer oft eine Viertelstunde in Fährmanns Küche vertrödelten. Nur am ersten und dritten Freitag in jedem Monat war das anders. An diesen Tagen wollten die Männer nicht zu uns kommen. Aber die Frauen drängten sie so lange, bis sie sich schließlich in unserer Küche versammelten. Es schellte

zweimal. Ein schmalbrüstiger, schwarzhaariger Mann betrat die Küche. Das war der Hausfriseur
Fritz Ott. Hausfriseure waren zu jener Zeit meist Arbeitslose, die von sich überzeugt waren, daß sie Haare schneiden konnten. Fritz Ott schnitt bei uns zu einem sensationell niedrigen Preis. Er verlangte nur 25 Pfennig pro Schur, und das war genau die Hälfte von dem, was man in Ulrichs Frisiersalon am Beecker Denkmal für einen Schnitt bezahlen mußte. Zweimal im Monat 25 Pfennig sparen zu können, das ließ sich keine Frau in unserer Gegend entgehen. Gnadenlos wurden die Männer unter das Messer von Fritz Ott gejagt. Und was veranlaßte ihn, einen so niedrigen Lohn zu verlangen? Nun, einen Teil seines Lohnes erhielt Fritz Ott in Naturalien. Pro Schopf bekam er ein Glas Deputatbier, und das machte ihn von Schnitt zu Schnitt kreativer. Es entstanden tatsächlich im Laufe des Abends abenteuerliche Schnitte. Und das war es, was die Männer zu Recht fürchteten.
Dieser Fritz Ott war zugleich ehrenamtlicher Leiter der Pfarrbücherei in St. Laurentius. Wenn aus dem Buchbestand zerlesene Bücher ausgesondert wurden oder wenn er in der Adventszeit als Jahresgabe Bücher erhielt, dann kam er mit einer Ledertasche voller Lese-

schätze zu Fährmanns und tauschte die Bücher gegen Bier. „Literatur gegen Liter", sagte er dann und zog mit etlichen Flaschen Bier davon.

So wuchs im Laufe der Jahre in unserer Küche ein kleiner Buchbestand heran. Das war deshalb in den Arbeiterfamilien ungewöhnlich, weil Bücher im Verhältnis zum Lohn ziemlich teuer waren. Oft und oft sah ich meine Mutter und meinen Vater lesen.

Beinahe täglich erlaubte mir mein Vater, wenn er meist gegen drei Uhr von der Arbeit kam und gegessen hatte, mich neben ihn auf das schmale Sofa zu legen. Seine Siesta bestand darin, daß er mir dann eine Weile vorlas. Doch seine Stimme wurde nach wenigen Minuten leiser und stockender, und dann war er eingeschlafen. So wurde ich mit Geschichten groß. Und daß Geschichten wichtig waren, das wurde mir durch eine besondere Begebenheit ganz klar.

Meine Mutter wollte am Sonntag vor meiner Erstkommunion mit mir in die Kirche ins Hochamt um zehn Uhr gehen. Sie setzte bei kleiner Flamme das Sauerkraut auf den Gasherd und bat meinen Vater: „Paul, paß gut darauf auf."

Vater saß auf dem Sofa und las. Als wir eine Stunde später aus der Messe kamen und um die Straßenecke bogen, da roch meine Mutter schon, was geschehen war. Sie rannte ins Haus. Sie riß die Küchentür auf, und beißender, blauer Qualm quoll ihr entgegen. Mein Vater, der allerdings durch Ammoniakdämpfe in der Brauerei seinen Geruchssinn eingebüßt hatte, saß immer noch seelenruhig auf dem Sofa, das Buch vor der Nase. Seine Frau, eine temperamentvolle Rheinländerin, fuhr über ihn her und beschimpfte ihn. Doch Männer aus Masuren lassen sich nicht so leicht aus der Ruhe bringen.

„Weißt du, Franziska", sagte er, „ich habe zwar irgendwie gemerkt, daß blauer Dunst vor den Buchseiten herzog, aber es war so spannend, daß ich an das Sauerkraut nicht mehr gedacht habe."

Da wußte ich, Sauerkraut mochte wichtig sein, aber wichtiger waren offenbar die Geschichten.

Meine Mutter behauptete, den Topf habe sie nie mehr verwenden können, weil das Sauerkraut völlig verkohlt gewesen sei und sich im Topfinneren festgebrannt habe.

Ist es ein Wunder, daß bei solchen prägenden Kindheitserlebnissen Literatur für mich ein Leben lang eine wesentlich größere Rolle spielte als Liter?

Meine Oma konnte übers Wasser laufen

Meine Oma – und jedes Wort der Geschichte ist wahr – lebte als Kind in einem Dorf am Niederrhein. Das ist aber schon mehr als hundert Jahre her. Es gab nur zwei Kinder im Dorf, die Lederschuhe besaßen. Wie man sich schon denken kann, waren das die Töchter vom großen Reinhard-Bauern. Die anderen Dörfler waren auch reich. Nein, Geld hatten sie nicht viel. Sie waren kinderreich. Und all die vielen Kinder im Dorf trugen im Winter Holzschuhe.

Im Sommer liefen sie lieber barfuß. Dann schnitzte der Schuhmacher Pannen schon mal auf Vorrat kleine und große Holzschuhe aus Pappelholz. Die Winter waren damals länger und strenger als heute und kamen oft schon im Oktober. Als meine Oma zwölf Jahre alt war, da war es mit den Jahreszeiten wie verdreht. Der Eiswind aus dem Osten wehte erst Ende Februar. Eigentlich warteten die Leute nach dem schlappen Winter schon auf den Frühling. Aber der ließ in jenem Jahr lange auf sich warten. Damals fror es Stein und Bein bis weit in den März hinein.

Die kleine Mathilde Meurer ließ sich von Käl-

te und Wind nicht abschrecken. Sie stand oft auf dem Rheindamm und schaute auf das Wasser. Sie wartete auf die ersten Eisschollen. Heute, zu unserer Zeit, würde sie vergebens danach Ausschau halten. Die großen Stahlwerke und die Atomkraftwerke saugen das Wasser aus dem Rhein und kühlen damit ihre Geräte. Dann fließt es, wärmer geworden, in den Rhein zurück. Kein noch so winziges Eisstückchen ist in den letzten Jahren im Wasser des Niederrheins gesehen worden.
Mathilde aber brauchte damals nicht lange zu warten. Am dritten Tag schon glitzerte und funkelte es auf dem Strom: Treibeis. Aber noch wurde das Eis vom Strom ab nach Holland ins Meer geschwemmt.
Am vierten Tag waren die Eisschollen so groß, daß einige übermütige Kinder auf die größeren Schollen sprangen und sich ein Stückchen mittreiben ließen.
Wehe, wenn das die Eltern sahen!
War nicht vor Jahren ein Kind, hast-du-mich-nicht-gesehen, mit der Scholle in die Mitte des Stromes getrieben worden? In Dunst und Nebel war es verschwunden. Niemals mehr hatte man von dem Kind etwas gehört.
Am Tag darauf war der Rhein zugefroren. Nichts mehr wurde nach Holland ins Meer geschwemmt. Die Schollen hatten sich über-

und untereinander geschoben und zu einem richtigen Eisgebirge aufgetürmt.
Nun hatte meine Oma, die zwölfjährige Mathilde, auf der anderen Rheinseite ihren Paten wohnen. Sie kam auf den wahnwitzigen Gedanken, über das Eis zu klettern und Onkel Jan zu besuchen.
Von ihrem Plan verriet sie zu Hause kein Sterbenswörtchen. Ihre Eltern hätten ihr auch wohl etwas anderes gesagt. Sie zog sich warm an und schlüpfte in ihre Holzschuhe. Mit der Spitze eines glühenden Nagels hatte sie mit vielen Dutzenden kleinen Punkten die Anfangsbuchstaben ihres Namens in das Holz eingebrannt. MM für Mathilde Meurer. Nun, ich will es kurz machen. Sie kletterte los. Zunächst ging's auch ganz gut. Aber der Rhein ist bei uns breit, sehr breit. Als sie mitten in dem Eisfeld anlangte, waren ihre Finger bereits steif vor Frost. Und genau dort rutschte ihr ein Holzschuh vom Fuß und fiel in eine Eisspalte, wohl an die drei Meter tief. Sie sah ihn dort unten liegen. Die Anfangsbuchstaben ihres Namens konnte sie deutlich lesen. MM. Aber kein Mensch hätte ihn dort wieder herausholen können.
Das ist der Augenblick gewesen, in dem meine Oma um ein Haar gar nicht meine Oma geworden wäre.

Wenn da nicht, ja, wenn da am anderen Ufer nicht ein Mann gestanden hätte, der das Kind schon die ganze Zeit beobachtet hatte.
Dieser Mann hatte richtige, feste Lederstiefel an. Als er das Hilfegeschrei von Mathilde hörte, besann er sich nicht lange und kletterte ins Eis. Er erreichte das Mädchen und trug es ans Ufer. So rettete er meiner Oma das Leben.
Eine Rettungsmedaille hat er zwar nicht bekommen, aber Mathildes Vater hat ihm einen großen Schnaps eingeschüttet, auch, weil er so verfroren ausgesehen hat.
Mit der Mathilde hat's ein mächtiges Donnerwetter gegeben. Aber das Schimpfen war mehr von Vaters und Mutters Schreck gekommen als vom Zorn.
Wenige Tage später begann der erstarrte Strom sich wieder zu rühren. Am oberen Rhein hatte der Frühlingswind Eis und Schnee nämlich schon zum Schmelzen gebracht. Eine gewaltige Wasserflut wallte stromab, spülte das Eis auf und schwemmte es mit einem mächtigen Hochwasser ab nach Holland ins Meer.
Mit dem Eis ist auch der MM-Holzschuh wohl in der Nordsee gelandet.
Dann aber ist er hundert Jahre später bei uns zu Hause wieder aufgetaucht. Auf ganz merkwürdige Weise ist er zurückgekehrt. Und das kam so:

Ich habe die Geschichte von Omas Holzschuh oft und oft den Kindern erzählt, und einmal auch in Oslo, das ist die Hauptstadt von Norwegen.
Vierzehn Tage später hatte ich ein Paket im Haus. Ich packe es aus und staune. Darin ist ein alter Holzschuh. Und eingebrannt mit vielen, vielen kleinen Brennpunkten ist deutlich das MM zu erkennen. Ein zwölfjähriger Junge hat den Holzschuh in einem Antiquitätengeschäft entdeckt. Dem Verkäufer hat er die ganze Geschichte erzählt. Das hat den Mann so gefreut, daß er dem Jungen den Holzschuh geschenkt hat. Der Junge aber hat gewußt, wo Omas Holzschuh hingehört, und hat ihn mir geschickt.
Und wer's nicht glaubt, der soll mich in Xanten besuchen. Der MM-Holzschuh hängt in meinem Zimmer an der Wand. Jedesmal, wenn mein Blick darauf fällt, dann denke ich an meine Oma, die damals, vor über hundert Jahren, aufs Eis gegangen ist und es fast mit dem Leben bezahlt hätte.

Lauter Lügen

Manche Menschen erleben etwas *in* den Ferien. Ich habe in meinen Kindertagen einmal etwas Schlimmes *nach* den Ferien erlebt.
In der Welkenbergstraße in Duisburg-Beeck bin ich aufgewachsen. Beeck ist ein grauer Vorort. Viel Bemerkenswertes ist von diesem Stadtteil nicht zu erzählen, außer vielleicht, daß dort das König-Bier gebraut wird und es stets in den Straßen rundum nach Hopfen riecht.
In der Welkenbergstraße wohnten damals wohl an die vierzig Kinder. Nicht etwa, weil es eine lange Straße mit hohen Häusern gewesen wäre. Nein, es war damals so, daß die meisten Familien viele Kinder hatten.
Kein Kind aus der Welkenbergstraße fuhr je in Ferien. Dazu fehlte das Reisegeld. Aber eines Tages mußte meine Mutter ins Krankenhaus. Ich, neun Jahre alt, sollte bei meiner Tante Mimi im Sauerland untergebracht werden.
Meine Tante war eine kleine, rundliche und sehr liebe Frau. Trotzdem hatte ich Heimweh. Ich war froh, als ich kurz vor Schluß der großen Ferien wieder nach Hause durfte. Ich fuhr mit dem Zug. Allein. In Dortmund mußte ich umsteigen. Damit ich dort den richtigen

Bahnsteig fand, trug ich an einem Band um den Hals gehängt eine Pappkarte. Darauf standen mein Name, meine Anschrift und die Zugverbindung.

Alles ging gut, und ich gelangte glücklich wieder nach Hause. Bereits kurz nach meiner Heimkehr scharten sich viele Kinder der Welkenbergstraße um mich. Wir hockten im Schatten einer Toreinfahrt. Ich sollte erzählen, was ich erlebt hatte. Für die Kinder in Beeck war das Sauerland damals so etwas, wie für die Kinder heute ein Ort mitten in Afrika. Nun, ich hatte ein Reh gesehen, war auf einem Pferd gesessen, hatte beim Kartoffelauflesen geholfen, Pilze gesucht, in einer Scheune im Heu gelegen, aus einem Nußstecken einen Bogen gemacht und Pfeile dazu geschnitten. Kurzum, es gab soviel zu berichten, daß mir zwei Tage lang der Stoff nicht ausging.

Aber die Kinder wollten mehr, immer mehr hören.

Da begann ich, von Mittwoch an Geschichten zu erfinden.

Daß ich mit bloßer Hand Forellen gefangen hätte. Daß ich mich im Walde verirrt hätte und eine Nacht im Freien verbringen mußte. Angst, nee, Angst hätte ich kein bißchen gehabt. Daß einmal ein Wolf umhergestrichen sei. Mein Onkel sei bei der Jagd dabeigewesen und habe das wilde Tier erlegt. Und der Name Sauerland käme daher, weil die Leute dort beinahe jeden Tag besonders saures Sauerkraut äßen. Bei dieser Geschichte schaute Ruth Fangenassen ziemlich ungläubig. Ich bemerkte das und schilderte ganz genau, wie meine Tante jeden Morgen in den Keller gestiegen sei, den schweren Stein vom Sauerkrautfaß genommen und soviel Kraut aus dem Faß geholt habe, wie sie mit beiden Händen hätte greifen können.

Zum Glück hat niemand gefragt, wie sie den Stein denn mit dem Sauerkraut in den Händen wieder auf das Faß hatte legen können.

Am Freitag jedenfalls war ich schon bei Zwergen, Riesen und Geistern angelangt. Am Nachmittag mußte ich zu Kaplan Lange in den Firmunterricht.

Achtes Gebot: Du sollst nicht die Unwahrheit sagen.

Sicher, ich hatte es auch schon vorher gewußt. Und am folgenden Tag sollte die Beichte sein. Eintausendvierhundertsechsundsiebzigmal gelogen! Mich schauderte es. Gab es in unserer Stadt einen größeren Sünder? Kurz vor dem Abendessen saßen wir wieder in der Toreinfahrt. Ich war sehr schweigsam.

„Fang an, Willi!" forderte Bruno B. Ich zog die Schultern hoch.

„Wie du in der Nacht das gefährliche Brummen gehört hast", wollte Ruth mich erinnern. Da sagte ich es.
„Bis Dienstag war alles wahr." Ich stockte, atmete tief durch und fuhr fort: „Aber Mittwoch, Donnerstag und heute", die Worte blieben mir im Halse stecken.
„Nun, was ist? Erzähl weiter", rief Bruno ungeduldig.
Da bekannte ich: „Mittwoch, Donnerstag und heute war alles erfunden."
„Erfunden?" flüsterte Ruth. Entsetzen und Enttäuschung zeigten sich in den Kindergesichtern.
„Erstunken und erlogen!" schrie Bruno.
„Nicht alles, es war nicht alles ...", brachte ich noch hervor.
Dann fielen sie über mich her und prügelten mich, wie ich in meiner ganzen Kinderzeit nicht verprügelt worden war. Das einzige blaue Auge, das mir je geschlagen wurde, an diesem Tag erhielt ich es.
Schließlich ließen sie von mir ab. Ich lag allein in der Toreinfahrt auf dem Boden. Ich rappelte mich auf.
Meine Oma kühlte mir mit der kalten Klinge des großen Brotmessers die Beulen. „Nie, nie wieder erfinde ich Geschichten", habe ich unter Schluchzen und Weinen gesagt.

Aber Ruth Fangenassen kam zwei Tage später zu mir und sagte: „Du, deine Geschichten waren sehr, sehr schön."
Ich schaute sie ungläubig an.
„Besonders die am Mittwoch, Donnerstag und Freitag."
Erst dachte ich, Ruth kennt vielleicht das achte Gebot nicht. Schließlich war Ruth evangelisch. Ich fragte meine Oma. Die sagte: „Du bist ein Dummkopf, Willi. Die Zehn Gebote gelten für alle Christen. Die Ruth kennt sie vielleicht besser als du."
Sie schwieg eine Weile und fügte dann hinzu: „Aber Kennen nützt nicht viel. Halten mußt du sie, hörst du?"
„Ganz bestimmt, Oma", versprach ich und strich mit der Hand über meine blauen Flekken.
Damals wäre ich alles andere lieber geworden als ein Geschichtenerfinder.

Nur ein schmaler Spalt

Unser Schlafzimmer lag zu ebener Erde. Das eine große Fenster des Raumes zeigte zur Straße hin. Hoch stieg an der anderen Straßenseite gleich im Anschluß an die Fahrbahn eine schwarze Ziegelmauer auf. Sie verbarg einen weitläufigen Park. Lediglich die Kronen einiger mächtiger Bäume reckten sich höher als diese finstere Mauer. Der eine, breite Bürgersteig, der unter unserem Fenster vorbeiführte, wurde kaum von Fußgängern benutzt. Für sie bedeutete ein Pfad durch den Park eine erhebliche Abkürzung ihres Weges. Zumal nachts war das für uns angenehm; Schritte hallten nämlich auf dem mit quadratischen Platten belegten Boden schon von weither. Anders war es mit Fahrrädern. Abends von halb zehn bis halb elf und morgens ab halb sechs riß der Strom nicht ab. Dann war Schichtwechsel in der August-Thyssen-Hütte. Unablässig huschten in dieser Zeit die Lichtstrahlen der stark abgedunkelten Lampen durch das Zimmer und malten Streifen und Schatten an die Wände. Gewiß, die Fenster waren durch Rolläden gesichert, doch Mutter liebte es nicht, im stockdüsteren Raum zu schlafen, und ließ die Läden nur so weit herunter, daß durch schma-

le Ritzen die Nachtlichter einzudringen vermochten.
Ich lag als Kind oft stundenlang wach, zumal, wenn uns die Sirenen mit ihrem schauerlichen Heulton mehrmals im Laufe der Nacht in den Keller getrieben hatten. Vaters Schritt hörte ich in solchen Stunden schon von fern. Die Maschine, die er umsorgen mußte, befahl, daß er nachts gegen halb drei nach Hause kommen durfte. Zweiundfünfzigmal klappte sein Eisenabsatz, sobald er um die Ecke gebogen war. Dann brach das Geräusch mit einem helleren Ton ab. Er hatte auf die Eisenluke vor unserer Haustür getreten. Der Schlüssel klimperte und drehte sich im Schloß. Meist schlief ich dann wieder ein und bemerkte nur selten, daß er nach einer Weile leise zu uns ins Zimmer tappte und sich ins Bett legte.
Eines Morgens gegen fünf wurde die Regel der vertrauten Geräusche jedoch jäh durch ein aufdringliches, geheimnisvolles Schlurfen und Klopfen durchbrochen. Erschreckt fuhr ich im Bett auf. Es klang leise auf und schwoll allmählich an. Als es unmittelbar unter unserem Fenster war, vermeinte ich, tausend harte Schritte zu vernehmen. Schließlich versickerte das Stapfen und Tapsen wieder, die ersten Fahrräder rollten langsam vorbei, von alten Männern müde vorwärts getreten. Ich schlief

nicht mehr ein und wartete auf das Hämmern des Weckers. Mutter machte mir das Schulbrot.

„Hast du die Schritte vorhin gehört, Mutter?"

„Schritte? Welche Schritte?"

„Es klang, als ob viele Menschen unter unserem Fenster herschlurften."

„Soldaten waren es sicher, Junge. Sie wollen drüben an der Emscher ja wieder eine Flakbatterie aufbauen."

Ich wußte, daß es keine Soldaten gewesen waren. Abends gegen sieben kehrte der Zug zurück. Da sah es die ganze Straße. Gefangene Russen waren es. Einige liefen barfuß, obwohl die Oktobernächte schon frühen Frost gebracht hatten. Die meisten Gefangenen jedoch latschten schwerfällig in Holzpantinen, die sie sich wohl selber roh aus Brettstücken zusammengebastelt hatten. Sie liefen über den Bürgersteig, und ihre Arme streiften unsere Fensterbank. Die vier Wachsoldaten hatten die Gewehre geschultert, und die aufgepflanzten Bajonette ragten spitz über ihre Köpfe hinweg. Zwei marschierten seitwärts auf der Straße voraus, die anderen hielten sich ebenfalls auf der Straße ein wenig hinter den Russen.

Ich stand mit dem Rücken gegen die Parkmauer gelehnt und starrte neugierig auf den Zug. Es war mir ungefähr so zumute wie damals, als Tante Amelie mich mit in unseren Tierpark genommen hatte und ich staunend vor den engen, übelriechenden Raubtierkäfigen gestanden hatte.

Stumpf trotteten die Gestalten dahin. Fast alle hielten den Kopf gesenkt. Nur einer, der im vorletzten Glied außen ging, schaute auf und sah mich an. Wasserhelle Augen in einem alten, zerfurchten Gesicht.

Vater wußte mehr zu berichten. „Sie müssen an der Schlackenhalde arheiten", sagte er.

„Die armen Menschen", seufzte Mutter.

Doch Vater zuckte nur die Achseln.

Bald hatten wir uns an die Schritte gewöhnt. Und auch daran, daß der Trupp des Abends oft auf rohen Brettern Tote mit ins Lager zurückschleppte, mit alten Säcken abgedeckt und so den Blicken verborgen.

Der Gefangene, der mir vom ersten Sehen her im Gedächtnis geblieben war, ging stets auf seinem Platz im Zug, im zweitletzten Glied links außen.

Eines Nachmittags schellte Großvater und brachte uns den letzten Grünkohl aus seinem Gärtchen. Er schien sehr niedergeschlagen. Zusammengesunken saß er neben dem Herd auf dem kleinen Schemel.

„Sie sterben dahin, sie sterben alle dahin", murmelte er.

„Die Russen?“ fragte die Mutter.
Sie fragte das, obwohl sie, wie alle, genau wußte, wie es im Lager stand. Doch niemand sonst sprach darüber.
„Ja, die Russen. Junge Burschen sind es zum größeren Teil. Ab und zu singen sie, wenn ich abends vom Garten aus nach Hause gehe. Das ist am schlimmsten. Sobald ein Sonnenstrahl ein wenig Wärme bringt, stehen sie gegen die Wände der Baracken gelehnt, wie leblos, und wenden ihre gelblichen Gesichter der Sonne zu, ausgemergelt, zerschunden.“
„Russen“, antwortete Vater. Und das klang, als ob er „Ungeziefer“ gesagt hätte.
„Menschen“, erwiderte Großvater, „Menschen.“
Mutter hantierte mit den Töpfen.
„Wißt ihr eigentlich, daß sie selbst bei den Fliegerangriffen nicht aus ihren Baracken heraus dürfen?“
„Welche Angst müssen sie ausstehen“, sagte Mutter.
Vater stand auf und ging hinaus.
„Es quält ihn auch“, versuchte Mutter zu erklären.
„Ich werfe ihnen ab und zu einen Kanten Brot über den Stacheldraht. Wenn du mal ein Endchen übrig hast?“
„Ich will daran denken“, versprach Mutter.

„Aber ist das nicht sehr gefährlich?“
„Ich gebe acht, weißt du. Unser Garten liegt ja nicht weit vom Lager weg, und ich kann den günstigen Augenblick wohl abpassen.“
„Sei vorsichtig, Vater“, mahnte die Mutter ängstlich. „Man weiß ja, was mit denen geschieht, die erwischt werden.“
Ich konnte mir das nicht ausmalen. Selbst die wilden Bären im Tierpark durfte ich damals füttern.
Sicher, uns war gesagt worden, was mit den deutschen Gefangenen in Rußland geschah. Tausendfach klangen uns die Worte „sowjetische Untermenschen“ und „bolschewistische Bestien“ im Ohr. Aber nur durch eine dünne Glasscheibe und auf Ritzen gestellte Rolladen von solchen Wesen getrennt, verloren diese Schilderungen und diese Bezeichnungen jede Bedeutung.
Längst hatte ich die klappernden Schritte des Elendszuges in die Skala der gewohnten Geräusche eingeordnet. Selten nur noch weckten sie mich in der frühen Stunde. Doch an dem Morgen nach Großvaters Besuch schreckte ich auf. Im ersten Tagesschimmer sah ich Mutters Schatten am Fenster, vielmals zerschnitten von den Stäben der Rolläden. Sie hatte den Gurt ein wenig gestrafft und das uns von der Straße trennende Gitter so hoch gezo-

gen, daß sich unten ein handbreiter Schlitz bildete.
Die Schritte der Gefangenen schlurften heran, müde und schlapp schon jetzt, bevor die schwere Arbeit begonnen hatte. Schattengestalten, verschwommen, unwirklich, wischten dahin. Fast schon war der Zug vorüber, da schob Mutter die Hand durch den Spalt und reichte irgend etwas hindurch, zuckte zurück, und die Rolläden schlossen sich wieder. Behutsam schlüpfte Mutter unter ihre Decke.
Am nächsten Morgen lag ich bereits früh auf der Lauer, um das seltsame Geschehen vollends zu ergründen. Kaum kündeten die Holzpantinen das Nahen des Trupps an, erhob sich Mutter fast lautlos, griff nach einem Päckchen auf ihrem Nachttisch, hantierte an den Rolläden, die Hand fuhr hinaus und zurück. Am fünften Morgen stand ich neben ihr. Sie schien zu zaudern. Doch dann legte sie den Finger über den Mund und zeigte mir das Päckchen. Brot. Vier Scheiben Brot. Die erdbraunen Schatten schleppten sich dahin, der zweitletzte griff nach dem Päckchen, und in weniger als zwei Minuten lagen wir wieder in unseren Betten.
Jeden Abend wartete ich nun drüben an der Mauer auf die Gefangenen. Der Alte zwinkerte mir gelegentlich zu. Manchmal glaubte ich

zu erkennen, daß ein Lächeln über sein Gesicht huschte. Als das Frühjahr kam, schien es mir, als werde er von Tag zu Tag ein wenig kleiner. Sein Gang wurde beschwerlicher, müder. Ich erinnere mich genau an den ersten klaren Tag in jenem März. Rot hing der Sonnenball noch in den Bäumen, als die Russen von der Eisenhütte in ihr Lager zurückgeführt wurden. Der Alte schwankte. Mehr ermunternd als brutal stieß ihn der Wachsoldat mit dem Holz des Gewehrkolbens leicht in die Seite.

„Mach schon, Michail", knurrte er.

Größer und dunkler erschienen mir heute die Augen des Gefangenen. Er hob schlapp die Hand zu einem knappen Gruß. Dann sank sein Kopf tief vornüber, und er trottete schneller, damit er den Anschluß nicht verliere.

„Michail heißt er", flüsterte ich Mutter zu.

„Sprich nicht darüber", befahl sie mir. „Mit niemandem! Hörst du!" Ich spürte, wie Angst auf mich übersprang.

Das Frühlicht war so gewachsen, daß ich Mutter am nächsten Morgen zuzischelte: „Man kann jetzt sehen, was du tust."

„Ja", hauchte sie.

Die Gesichter, stumpf und ohne Hoffnung, klein unter den schmutzigbraunen Mützen, schoben sich an den Ritzen vorbei. Mutter reichte das Päckchen hinaus. Doch dauerte es ein wenig länger, bis sie schließlich ihren Arm behutsam durch den Spalt zurückzog. In der Schale ihrer Hand ruhte ein kleiner Vogel, sorgsam aus Holzspänen zusammengesetzt, kunstvoll geformt, den Hals gebogen, gespreizt, papierdünn die Federn, angstvoll den Kopf geduckt und rund und aufgerissen die Augen. Mutter wagte nicht, ihre Hand zu bewegen. Ich schaute ihr ins Gesicht. Das Morgenlicht zeichnete ihr helle Streifen über Mund und Nase. Ihre dicken Brillengläser glitzerten.

Als Vater den Vogel nach dem Mittagessen bewunderte, fand er ein Wort in kyrillischen Buchstaben klein eingeritzt. „Das heißt Mutter", übersetzte er. Dann stellte er das zarte, wundersame Gebilde auf das Deckbrett der alten Küchenuhr.

Am Abend, als ich Michail mit einem Blick für das Geschenk danken wollte, war sein Platz im zweitletzten Glied leer. Sie trugen ihn ins Lager zurück. Auf einem ungehobelten Brett lag er, mit schmutzigen Säcken zugedeckt.

Während der Nacht zitterte die Luft vom tiefen Gebrumm der viermotorigen Bombenflugzeuge. Sie zogen in Pulks zu dreißig oder vierzig über unsere Stadt hinweg einem anderen

Ziel zu. Ein Nachzügler, allein, verflogen oder angeschossen, entledigte sich seiner zu schwer gewordenen Eisenlast. Die Bomben zerrissen die Rasenfläche und wühlten den schwarzen Boden des Parks auf. Der Luftdruck stürzte die Parkmauer und zerzauste unsere Rolläden. Die Trümmer versperrten den Russen den Weg.
Später, als der Schutt fortgeräumt worden war und der Gefangenentrupp wieder vorüberzog, schleppte sich der Trupp fernab unseres Fensters über die Straße, und die Wachsoldaten marschierten über den Bürgersteig. Unser Fenster war mit festen Brettern dicht vernagelt.
Der totale Krieg hatte den schmalen Spalt geschlossen.

Bella gegen den Rest der Stadt

„Ist es denn wirklich wahr, daß früher in den großen Städten die ersten Straßenbahnen von Pferden gezogen wurden?" fragte ein Reporter den alten Straßenbahnfahrer Samson Plumpott.
„Aber sicher. So war das früher", antwortete Samson.
„Erzählen Sie doch mal, Herr Plumpott", sag-

te der Reporter. „Solche Geschichten müssen festgehalten werden."
Samson zog an seiner Pfeife, bedachte sich ein wenig und fing dann an:
„Tja, die Pferdebahn wurde in den achtziger Jahren gebaut. Später, so kurz nach 1900, schaffte die Stadt dann die Lektrische an."
„Sie meinen wohl, die Stadt kaufte damals Straßenbahnen, die mit Elektromotoren getrieben wurden?"
„Sagte ich doch, die Lektrische."
„Wie ging es weiter?"
„Na ja, die Pferdebahn wurde bei uns damals ganz feierlich eingeweiht. Mein Vater hat es mir oft und oft erzählt. Denn er war ja selbst der erste Pferdekutscher unserer Straßenbahn. So ganz lange ist die Pferdebahn nicht mehr gefahren."
„Sie selbst sind Fahrer der elektrischen Straßenbahn gewesen?"
„Als junger Bursche war ich schon dabei."
„Können Sie uns nicht mal ein Erlebnis aus Ihrer langen Dienstzeit erzählen?" bat der Reporter.
„Sind Sie mit der Straßenbahn aus der Innenstadt gekommen?" erkundigte sich Samson.
Der kleine Mann lächelte. „Natürlich bin ich mit dem Auto herausgefahren, Herr Plumpott. Heutzutage fährt man mit dem Auto."

„Auto oder nicht. Aber die Haltestelle ‚Zum Alvenbogen', die ist Ihnen doch bekannt, nicht wahr?"
„Natürlich kenne ich die. Das ist die Haltestelle am Hafen."
„Ja, die meine ich. Wie die zu ihrem Namen gekommen ist, das will ich Ihnen erzählen. Es ist die Geschichte eines Fischweibs, das sogar den Bürgermeister besiegte."
„So? Großartig! Erzählen Sie!"
„Früher war das Rheinwasser so klar und sauber, daß die blanken Kiesel durch die Wellen schimmerten. Darin tummelten sich tausend Fische. Der köstliche rotfleischige Salm wurde so häufig gefangen, daß in alten Zeiten die Knechte und Mägde drüben in Ruhrort sich von ihren Dienstherren eigens versprechen ließen, daß sie ihn nicht häufiger als dreimal in der Woche vorgesetzt bekämen. Das Fischweib aber, von dem ich erzählen will, handelte mit anderen Fischen, mit leckeren geräucherten Alven nämlich.
Zum Verkauf wurden die handlangen Fische auf Schnüre gezogen und als Schleckerei angeboten. Bella, das Fischweib, war eine solche Alvenverkäuferin. Von ihrem Vater hatte sie ein schmales Grundstück am Hafen geerbt. Darauf stand ihre Bretterbude, vollgestopft mit Alvenringen. Die Matrosen aus dem Ha-

fen, die Wanderburschen und natürlich auch die Einheimischen kauften bei Bella gern eine Schnur Fische.
Nun bekam Fisch-Bella eines Tages hohen Besuch. Der Direktor Fettweiß senior stellte sich in Bellas Bretterbude und verlangte einen Fischring. Er gab eine halbe Mark und sagte: ‚Es stimmt so.'
Das kam dem Fischweib seltsam vor. Sie kannte den alten Direktor als sparsamen Mann. Sie ließ zwar das Silberstück in ihre speckige Ledertasche gleiten, aber ihr Mißtrauen war geweckt. Sie brauchte auch nicht lange zu warten, bis der Direktor sein Anliegen kurz und bündig vortrug. Es lief darauf hinaus, daß sie ihr Grundstück verkaufen sollte. Die Straßenbahnstrecke endete nämlich damals am Hafen und sollte in jenem Jahr weitergeführt werden. Bellas Grundstück lag den Schienen im Weg. Deshalb sollte sie es eben abtreten, gegen gute Bezahlung, versteht sich. Doch weiter kam der Direktor gar nicht.
‚Verkaufen?' schrie Bella ihn an. ‚Ich soll verschleudern, was mein Vater selig mir zurückgelassen hat? Er hat sich den Rücken am Fischerkahn, an der Tütebell, krummgedreht. Groschen für Groschen hat er sich vom Mund abgespart und in den Sparstrumpf gesteckt. Endlich konnte er dieses Stückchen Erde vom

Schmied Leiendecker erwerben. Und ich soll verkaufen! Bella verkauft nichts außer Alven. Selbst wenn der Kaiser von China käme und mir den Grund mit Goldstücken pflasterte, er bekäme den Boden nicht!' Bella spuckte Gift und Galle. Sie hatte so laut geschrien, daß die Leute neugierig stehengeblieben waren.
Als sie gerade Atem schöpfte, wollte der Direktor ihr den Vorschlag machen, daß sie doch auf der anderen Straßenseite ihre Bude auf einem anderen Grundstück aufbauen könne, doch sie schnitt ihm das Wort ab: ‚Schnickschnack. Schlag dir das aus dem Kopf, Fettweiß, Bella verkauft Alven, sonst nichts, verstehst du?'
Zwar kam nicht der Kaiser von China, aber immerhin der Bürgermeister Krekenbeck und versuchte Bella zu überzeugen, daß gerade ihr Grundstück für die Leute in der ganzen Stadt und insbesondere für die Straßenbahn wichtig sei.
‚Das stimmt genau', höhnte Bella. ‚Wo sollten die Leute sonst ihre Alven kaufen?'
Da wurde der Bürgermeister zornig und rief erbost: ‚Zum Donnerwetter! Schließlich ist es den Alven ganz gleich, ob du sie hier oder hundert Schritte weiter weg verkaufst.' Dabei schlug er mit der Faust auf die Theke.
Bella wurde steif vor Entrüstung. Sie sprach

plötzlich ganz leise und mit zuckersüßer Stimme. Der Bürgermeister spürte, daß es ungemütlich wurde.
‚Erstens', hob sie an, ‚ist es vielleicht den Alven gleich, wo sie verkauft werden, aber mir, mir ist es gar nicht gleich. Zweitens sagt hier auf meinem Grund und Boden nur einer ‚Donnerwetter', und nur einer klopft mit der Faust auf den Tisch, und das bin ich. Wenn du auch tausendmal Bürgermeister dieser Stadt bist, hier hast du nichts zu sagen. Verstanden?'
Der Bürgermeister schnappte nach Luft. Doch schon rauschte Bellas Wortschwall weiter: ‚Wenn du anderes nicht von mir willst, dann schere dich von meinem Grund und Boden, und zwar schnell! Sonst schreie ich laut nach dem Wachtmeister Prilokeit, weil du hier eine ehrbare Jungfer belästigst und von der Arbeit abhältst.'
‚Wir sehen uns wieder', brüllte Bürgermeister Krekenbeck und knallte die Tür hinter sich ins Schloß.
Es kam auch so, daß die beiden Streithähne sich bald wiedersahen. Zwar hatte Direktor Fettweiß vorher noch zweimal versucht, Bella das Grundstück abzuhandeln, doch es war ihm nicht viel besser ergangen als dem Bürgermeister selber. Da brachte Piet Klünkers, der Briefträger, eines Tages ein Schreiben für Fräu-

lein Sibylla Antonia Petronella Kropp, Fischhändlerin. Der Umschlag trug keine Briefmarke, sondern nur den runden Stempel der Stadt. Das ehrbare Fräulein wurde höflich gebeten, sich zu einer gütlichen Aussprache mit den Herren des Rates der Stadt bereit finden zu wollen.

Bella fand sich bereit. So kam es, daß sie an einem Septemberabend an der unteren Schmalseite eines langen Tisches im Rathaus saß. Ihre Holzschuhe hatte sie vor der Tür stehenlassen und auf Socken den Sitzungssaal betreten. Den Korb mit den Alven jedoch hatte sie nicht aus der Hand gestellt. Ihr gegenüber thronte finster Bürgermeister Krekenbeck, und zu beiden Seiten reihten sich die teils würdigen, teils reichen Herren des Rates. Die meisten starrten die streitbare Jungfer unverhohlen und neugierig an und tuschelten miteinander.

Schließlich läutete der Bürgermeister mit einer blanken Messingglocke und eröffnete die Sitzung. Höflich begrüßte er den ungewöhnlichen Gast und sagte: ‚Sie wissen alle, daß wir am heutigen Abend die Frage des Straßenbahnbaus und die damit in Verbindung stehende Grundstücksangelegenheit der hier anwesenden Sibylla Antonia Petronella Kropp in Ruhe und zur Zufriedenheit aller besprechen wollen.' Er schnaufte nach diesem langen Satz

und bat Kanzleischreiber Trollhase zu berichten, wie es mit der Sache stehe.
Der erklärte des langen und breiten, was die ganze Stadt längst wußte, nämlich, daß Bellas Grundstück dem Schienenbau im Weg liege; daß sie es gegen ein gleichwertiges Grundstück in der Nähe austauschen solle; daß ihr keinerlei Kosten durch den Umbau ihres Geschäftes entstünden; daß sie sich bisher jedoch wider alle Einsicht weigere, zum Wohl der Stadt auf diesen Vorschlag einzugehen.
Dann legte Direktor Fettweiß senior noch einmal mit dringlichen Worten dar, wie notwendig Bellas Grundstück gebraucht werde.
‚Was sagen Sie dazu, Fräulein Kropp?' fragte der Bürgermeister.
Steif saß Bella auf der Stuhlkante. Sie hob ihre Nase ein wenig und antwortete: ‚Ich verkaufe nicht.'
Vierzehn Stadträte redeten auf sie ein, manchmal nacheinander, meist aber gemeinsam.
‚Nein, ich habe gar nichts gegen das Grundstück, daß ihr mir anbietet, aber ich verkaufe mein Eigentum nicht.' Bella blieb starrköpfig.
Da erhob sich der steinreiche Reedereibesitzer G. H. Laniel. Er klopfte mit dem Knöchel auf die Tischplatte. Stille trat ein. G. H. Laniel sprach leise. Er blickte ein wenig lauernd auf Bella.

‚Liebes Fräulein Kropp. Wir alle wissen zu schätzen, daß Sie so an Ihrem Erbe hängen. Trotzdem will ich Ihnen ein letztes Angebot machen. Ich will zu dem Tauschgrundstück, das die Stadt anbietet, noch tausend Taler in Gold legen, wenn Sie auf den Vorschlag eingehen.'
Nun muß man wissen, daß Bella in jenem Jahr mit tausend Talern jedes Grundstück in der Stadt hätte kaufen können. Tausend Taler verdiente Bella an ihren Alven in drei Jahren nicht.
Einen Augenblick saß die Versammlung nach G. H. Laniels Worten wie versteinert vor Staunen. Ungläubig blickte auch Bella auf den begüterten Ratsherrn. Plötzlich erhob sie sich, rot im Gesicht vor Ärger und Aufregung, und rief: ‚Ich spucke auf Ihre tausend Taler. Ich gebe meinen Grund und Boden nicht her!' Drehte sich um und verließ den Ratssaal.
G. H. Laniel lächelte erleichtert, denn tausend Taler waren auch für ihn kein Pappenstiel. Dreimal mußte Bürgermeister Krekenbeck läuten, bis die Ratsherren sich schließlich beruhigt hatten.
‚Dann wollen wir sie enteignen', schlug Ratsherr Dauwenspeck vor. Viele nickten, und der Kanzleischreiber Trollhase spitzte schon die Feder.

Da erhob sich der Direktor Fettweiß senior und sprach: ‚Sie werden sich wundern, aber ich möchte nicht, daß wir ihr das Grundstück zwangsweise nehmen. Das würde die ganze Straßenbahngesellschaft in schlechten Ruf bringen. Ich will es auch gestehen: Es gefällt mir, wie Bella um ihren ererbten Besitz kämpft. Vielleicht wird es möglich sein, die Schienen im Bogen um Bellas Grundstück herumzulegen.'

Dabei blieb es.

Als ich dann später mit der Bahn die neue Strecke fuhr, rief mein Kondukteur Plattekamp, der Schelm, an jener Haltestelle: ‚Zum Alvenbogen!' Das hat den Leuten so gut gefallen, daß sie noch heute den Ort so nennen, obwohl Bellas Bude längst nicht mehr steht."

„Großartig!" seufzte der Reporter. „Wirklich großartig! Wie schade nur, daß ich davon keine Fotos mehr aufnehmen kann."

Tod am Brunnen

„Trug mein Vater eigentlich genauso einen goldenen Ring im Ohr wie du?“ fragte der Junge.

„Selbstverständlich. Immerhin war er ein Zimmermann. Als er mit Ach und Krach die Probezeit bestanden hatte, da habe ich ihm selbst mit einem ausgeglühten Nagel das Loch in das Ohrläppchen gestoßen. Der Goldschmied aus Ortelsburg hat schon geschwitzt, wenn wir Zimmerleute ihn riefen. Es ist gar nicht so einfach, einen Ring ganz dicht am Ohr so festzuschmieden, daß man die Naht nicht mehr sehen kann.“

„Außer den Zimmerleuten haben nur die Zigeuner manchmal solche Ringe im Ohr“, sagte der Junge.

„Nun, von den Zigeunern liegt uns Zimmerleuten schon etwas im Blut. Was bin ich schon mit meiner Kolonne in der Welt herumzigeunert! Von einer Baustelle zur anderen bin ich mit meinen Leuten gezogen, oft viele hundert preußische Meilen von zu Hause weg.“

„Aber wir haben ein Dorf, ein Haus, wohin wir immer wieder zurückkehren.“

„Stimmt, Junge. Aber das ist mehr ein Zufall

gewesen, daß die Bienmanns sich endlich in Liebenberg festsetzten."
„Zufall? Erzähl doch mal, Großvater."
„Tja, Jungchen, mein Vater hat mir die Geschichte oft und oft erzählt, und ich wundere mich selbst, daß ich sie so lange in mir vergraben habe.
Die Bienmannsfamilie stammt nämlich aus dem Moselgebiet. Da sind so um 1800 die Franzosen in das Land eingefallen. Die Bienmanns hatten vorher oft für Klöster und Kirchen gearbeitet. Aber Napoleon hat 1803 die Kirchen bettelarm gemacht und ihnen kurzerhand jeglichen Besitz weggenommen. Die Priester und Mönche konnten keine Arbeiten mehr vergeben, ja, sie mußten selber sehen, wo sie blieben. Das gefiel meinem Großvater nicht. Er hatte sein Mißtrauen zu laut und an den falschen Orten hinausposaunt. Den Napoleon hat er einen Bluthund genannt. Das blieb den Franzosen nicht lange verborgen.
Jedenfalls hat mein Großvater mitten in einer Nacht die ganze Familie zusammengerufen. Mein Vater Martin, damals 21 Jahre alt, war Großvaters ältester Sohn. Außer ihm gab es noch drei jüngere Söhne, Paul, Konrad und den siebenjährigen Knaben Johannes. Meine Großmutter saß mit verheulten Augen auf der Bank hinter dem Tisch.

‚Wir packen unseren Pferdewagen', sagte mein Großvater. ‚Napoleon, unser großer Befreier, will mir an den Kragen. Ich hab's gesteckt bekommen. Haus und Anwesen, ja, die ganze Zimmerei, alles soll beschlagnahmt werden. Mich wollen sie vor Gericht stellen. Aber ich habe ihm einen Strich durch die Rechnung gemacht. Ich habe das Haus und das Geschäft heute nacht verkauft. Den Notar, den Napoleon selbst eingesetzt hat, haben wir aus dem Bett getrommelt und den Vertrag rechtskräftig gemacht. In seinen eigenen Gesetzen hab' ich den Franzosen gefangen.'

‚Und was wird aus dir, aus uns?' fragte Martin.

‚Wir packen und ziehen davon. Noch heute nacht.'

‚Wohin sollen wir gehen?' fragte Johannes.

‚Weit werden wir gehen, Kind', antwortete mein Großvater. ‚Sehr weit. Denn eins weiß ich sicher. Der Rhein hält den Franzosenkaiser nicht auf. So einer gibt sich nicht zufrieden mit dem, was er hat. Er will die Welt regieren. Deshalb ziehen wir weit nach Osten. Rußland ist ein gastfreundliches Land. Es gibt in Rußland viele Deutsche. Wir Bienmanns verstehen unser Handwerk. Wir ziehen nach Osten.'

Und so geschah es. Mit Sack und Pack fuhren sie in eben dieser Nacht noch los und verließen die kleine Stadt. Als sie für ein paar Monate im Hannoverschen arbeiteten, fand mein Vater ein Mädchen, das ihn wohl heiraten wollte. Aber ihre Familie setzte alles daran, diese Hochzeit zu verhindern. Welcher Baron aus einem alten hannoverschen Geschlecht hätte wohl die Tochter an einen durchreisenden Zimmermann verheiraten wollen. Das junge Fräulein von Herzberg dachte aber anders. Es fand sich ein Dorfpfarrer, der sie heimlich traute. Niemals hat meine Mutter in späteren Jahren gejammert, aus dem Herrenhaus fortgelaufen zu sein. Sie hatten sich sehr lieb, meine Eltern. Meine Mutter zog also mit nach Osten. Aber das ging viel langsamer vor sich, als mein Großvater es sich zunächst vorgestellt hatte. Wenn sich Arbeit fand, bezog die Familie ein Haus und blieb oft Monate an einem Ort. Im Pommerschen verbrachten die Bienmanns vier Jahre. Dort wurde ich geboren. Napoleons Soldaten haben uns auf unserem Weg nach Osten dann überholt.

1812 stießen die Heere des Franzosenkaisers weit nach Rußland hinein. Der Winter kam früh und überraschte die Soldaten und auch unsere Familie. In Liebenberg, dem winzigen Nest, mietete mein Großvater ein leerstehendes, ehemaliges Gasthaus. Das beste in der Bruchbude war ein riesiger Kachelofen. Der

strahlte eine wohlige Wärme aus und hielt uns die eisige Kälte vom Leib.
Die Dorfbewohner waren freundlich zu uns. Arbeit gab es genug für Zimmerleute. Unsere Geschichte in Liebenberg fing damit an, daß Großvater, ohne von jemand einen Auftrag erhalten zu haben, den morschen Balken des Ziehbrunnens auswechselte. Es war dies der einzige Brunnen im Dorf. Mit dem Balken hatte es eine besondere Bewandtnis. Im Winter fand sich regelmäßig mit dem ersten Schnee ein Schwarm Wildtauben ein. Zu anderen Jahreszeiten sind das scheue Vögel, die klug den Nachstellungen der Jäger auszuweichen wissen. Nicht der scharfe Frost trieb sie in das Dorf, sondern der Durst war es wohl, der sie an den Brunnen lockte. Die Liebenberger nannten die Vögel zu dieser Zeit *unsere* Tauben, stellten ihnen mehrmals am Tage in einer flachen Holzschale Wasser zurecht und streuten gelegentlich ein paar Körner. Keiner der Dorfbewohner wäre auf den Gedanken verfallen, die Not der Tiere auszunutzen und auf sie zu schießen. Das änderte sich, sobald im Frühjahr der Schnee wegtaute. Tauben zu jagen gehörte dann zu den geheimen Vergnügen vor allem der jungen Burschen im Dorf, ein Vergnügen, von dem der Jagdaufseher vom Knabigschen Gut nicht begeistert war, weil

der Baron von Knabig allein das Jagdrecht besaß.

Der mächtige Balken des Ziehbrunnens war der Platz, den die Tauben besonders liebten. Aufgereiht saßen sie dort mit aufgeplustertem Gefieder. Einige wurde im Laufe des Winters so zutraulich, daß sie nicht einmal aufflogen, wenn ein Mädchen kam, ihr Joch mit den beiden Eimern von den Schultern hob, gemächlich das längere Ende der Balkenwippe herunterzog, den Eimer an der langen Kette in den Brunnenschacht senkte und schließlich das Wasser heraufzog.

Großvater hatte einen gewaltigen Balken aus einem dicken Stamm glatt herausgeschlagen. Am hinteren Ende hatte er die volle Breite des Baumes ausgenutzt und eine Vertiefung in das Holz hineingehauen. Eine ganze Woche lang arbeitete er an dieser Mulde in dem Balken. Dann hatte er ein kleines Wunderwerk geschaffen. Quer über die Balkenhöhlung lief eine hölzerne Achse, und daran wieder war eine flache Blechschale so kunstvoll befestigt, daß sie sich immer genau in die Waage stellte, wie man den Ziehbalken auch hob oder senkte.

Unter dem Balkenende verankerte er einen schweren Stein. Tagelang wog er den Baum aus, bohrte dann geschickt das Loch für die

Hauptachse, auf der die Wippe sich wiegen sollte, und baute schließlich den brüchigen, alten Balken aus seiner Halterung. Die Tauben flatterten aufgeregt auf und ließen sich auf den Dachfirsten der umliegenden Hütten nieder.

Von fünf Männern wurde der neue Balken in die Halterung gehoben und die Achse eingeführt und verschraubt. Der Ziehbalken lag so im Gewicht, daß das Ende mit dem Stein und der Wasserschale sich ganz sanft herunterneigte. Kette und Eimer wurden befestigt. Großvater rief mich, den fünfjährigen Enkel, beim Namen. Ich war damals ein schmächtiges Kerlchen. Er befahl mir: ‚Friedrich, zieh einen Eimer Wasser aus dem Brunnen!'

Bei dem alten Brunnen hatten die Frauen schon kräftig zulangen müssen, wenn sie den schweren Eimer ans Licht holten. Der neue Balken jedoch war so ausgewogen, daß ich das Wasser mit meiner kleinen Kinderkraft ohne jede Anstrengung emporbringen konnte. Die Dorfbewohner klatschten Beifall. Mit dem ersten Wasser füllte Großvater die Taubenschale am Balkenende. Noch cinmal mußte ich Wasser aus dem Brunnen ziehen. Die Dorfbewohner drängten sich heran und wunderten sich. Kein Tropfen aus der Trinkschale wurde verschüttet. Sie wiegte sich leicht in ihrer Achse und hielt sich waagerecht, wie man den Balken auch bewegte. Alle im Dorf erkannten, daß sie einen Brunnen hatten, wie es weit und breit keinen zweiten mehr gab. Die Tochter des Dorfschulzen, die schöne Hannah, zog den nächsten Wassereimer hoch.

‚Mit dem kleinen Finger ist das zu schaffen', rief sie, und sie strahlte dabei meinen Onkel Johannes an, daß jeder im Dorf es merken konnte, wie sehr die beiden sich gefielen. Onkel Johannes war damals zwanzig Jahre alt, ein hübscher Bursche, breit in den Schultern und mit einem offenen, fröhlichen Gesicht.

Die Leute standen noch in der Kälte und bewunderten das Werk, stampften mit den Stiefeln den Schnee und schlugen die Arme, damit sie nicht froren, da erhob sich von allen Dächern zugleich der Taubenschwarm, wie auf einen geheimen Befehl, und umkreiste mehrmals den neuen Balken. Die Leute traten ein paar Schritte zurück. Die Tauben ließen sich zunächst auf dem hoch in den Himmel ragenden längeren Balkenende nieder, an dem der Eimer sich im Winde wiegte, hüpften dann aber Stückchen um Stückchen der Trinkschale zu. Schließlich setzten sich gleich fünf an den Rand der Schale, senkten und hoben die Köpfchen und schluckten das frische Wasser.

Sie hatten den neuen Balken angenommen. Die Dorfbewohner wollten den Tauben nicht nachstehen. Von diesem Tag an begegneten sie unserer Familie so, als ob wir schon Jahre unter ihnen gelebt hätten. Als nun mein Onkel Johannes sich mit der schönen Hannah verlobte, da war das ein Fest für das ganze Dorf. Uns ging es in diesem Winter nicht schlecht. Der Baron von Knabig auf dem Gut hatte bald heraus, daß mein Großvater ein geschickter Handwerker war. Es gab Arbeit genug.

Aber dann kam mit einem preußischen Reiter aus dem Osten die Nachricht, Napoleons Heer sei in Eis und Schnee zerschlagen worden. Die Russen hätten zunächst ihr wunderschönes Moskau angezündet. Die prächtigen Holzpaläste und die vielen tausend Holzhütten wären in einem mörderischen Feuer in Schutt und Asche gesunken. Die Franzosen, die geglaubt hatten, sie hätten mit der Hauptstadt auch das ganze Land erobert, mußten mitten im Winter zurückfliehen, wenn sie nicht Hungers sterben wollten.

An der Beresina sei es Ende November dann zu einer erbitterten Schlacht gekommen. Das Eiswasser des Flusses habe sich rot gefärbt vom Blut der Russen und Franzosen. Napoleon selbst sei bei Nacht und Nebel mit wenigen Vertrauten in einem Schlitten geflohen

und habe seine Soldaten schmählich im Stich gelassen.
‚Der feige Hund', sagte mein Großvater.
In den folgenden Tagen verschwanden einige junge Männer aus dem Dorf. Es lief das Gerücht, daß sie mit dem jungen Baron losgezogen seien und zum preußischen Landsturm wollten. General Yorck sei dabei, ein preußisches Volksheer zu sammeln. Er wolle Napoleon den Rest geben und ihn endgültig aus dem Lande verjagen. Zunächst aber war von Yorck wenig zu spüren. Statt dessen zogen immer wieder versprengte Franzosen durch Liebenberg, forderten Brot und Futter für die Pferde, und die Dörfler gaben von dem, was sie hatten, denn die geschlagenen Soldaten waren jämmerlich anzusehen, und die Säbel saßen ihnen locker in der Scheide. Von den fast 600 000 Reitern und Fußtruppen, die im Juni 1812 noch singend und frisch ausgezogen waren, kehrten nur wenige zurück, geschunden, todmüde, fiebrig, verkrustetes, schwarzes Blut in nachlässig geschlungenen Verbänden.
‚Das ist das wahre böse Gesicht des Krieges', sagte Großvater bitter.
Mitte Dezember, gegen Abend, trabte müde ein Trupp von etwa dreißig französischen Reitern in das Dorf. An der Spitze ritt ein junger Leutnant. Er fragte nach dem Schulzen und

bat darum, daß seine Leute Quartier für die Nacht bekämen. Für Essen und Trinken wolle er bezahlen. So höflich hatten Soldaten schon lange nicht mehr mit uns geredet. Die meisten befahlen, drohten, schimpften. Der Leutnant, sein Trompeter, ein Knabe fast, und sechs Mann wohnten in unserem Haus. Mutter hatte den Leuten in der ehemaligen Gaststube ein Strohlager gerichtet. Der Leutnant bekam die Kammer meiner Eltern.
Am nächsten Morgen in aller Frühe ließ der Leutnant zum Sammeln blasen. Die Pferde wurden am Brunnen getränkt. Aber zum Aufsitzen kamen die Reiter nicht. Die Tiere begannen unruhig zu werden, stampften aufgeregt, keilten schließlich aus und versuchten auszubrechen. Schaum trat ihnen vor das Maul, sie zuckten in Krämpfen und verendeten elendiglich. Auch ein Soldat, der nur einen kleinen Schluck von dem Wasser getrunken hatte, wand sich vor Schmerzen und wurde in unser Haus getragen. ‚Das Wasser ist vergiftet worden.' Großvater sprach aus, was alle dachten. Der Leutnant stand fassungslos und blaß bei seinen Soldaten.
Er rief auf Französisch ein paar Befehle. Die Soldaten schwärmten aus, jeweils zu dritt, und trieben alle Dorfbewohner am Brunnen zusammen. Der Verwalter des Gutes, der gera-

de mit den beiden Töchtern des Barons im Schlitten ins Dorf gekommen war, wurde mit den Baronessen ohne viel Federlesens ebenfalls zum Brunnen getrieben.
‚Wer hat den Brunnen vergiftet?', rief der Leutnant.
Keiner meldete sich. Der Dorfschulze wollte etwas erklären, aber der Leutnant zog seine Pistole und sagte laut: ‚Nichts will ich hören. Nur der, der den Brunnen vergiftet hat, der soll sich melden.'
Wieder war es um den Brunnen herum so still, als ob kein Mensch dagewesen wäre. Nur das Gurren der Tauben war zu hören.
‚Wenn sich der Täter nicht findet, werde ich Geiseln auswählen und erschießen lassen', drohte der Leutnant.
Stumm standen alle und starrten vor sich in den zertretenen Schnee. Da ließ der Leutnant jeden zehnten Dorfbewohner auszählen. An den Bienmanns ging das Los vorüber. Aber 27 Personen, Frauen und Männer, junge und alte traf die Zehnerzahl. Die Geiseln wurden von den Soldaten vor dem Brunnen zusammengetrieben. Die schöne Hannah war dabei und auch eins der Knabig-Mädchen.
‚Ich warne Sie zum letzten Male', sagte der Leutnant in die Stille hinein. ‚Wenn sich der Täter nicht meldet, muß ich diese Leute füsi-

lieren lassen.' Mit weiten Schreckensaugen standen die Menschen. Schon befahl der Leutnant seinen Soldaten, ihre Gewehre zu laden, da trat mein Onkel Johannes vor, riß sich die Fellmütze von seinem blonden Kraushaar, warf sich vor dem Leutnant auf die Knie und sagte leise: ‚Ich war es, der das Gift in den Brunnen warf.'

‚Na also', nickte der Leutnant und gab den Soldaten einen Wink, die Geiseln freizulassen. Die schöne Hannah schrie auf, mein Großvater redete auf den Leutnant ein und bot ihm an, ihm all die Pferde zu ersetzen, aber es nützte nichts. Johannes wurde mit dem Rükken zum Brunnen mitten auf die breite Dorfstraße gestellt. Die Kommandos ertönten. Die Soldaten hoben die Gewehre. Ich sah, daß der kleine Trompeter seinen Flintenlauf ziemlich hoch in die Luft hielt. Die Schüsse krachten.

Onkel Johannes reckte sich empor, sackte zusammen. Der schmutzige Schnee färbte sich von seinem hellen Blut. Die Tauben waren erschreckt aufgeflattert. Eine schoß hoch in die Luft, breitete weit ihre Flügel aus, torkelte, sank nieder, fiel schwer auf die Brust des erschossenen Onkels, getroffen von der Kugel des jungen Trompeters.

Die Soldaten nahmen die letzten Pferde aus dem Dorfe mit sich und zogen davon.

Jedermann im Dorf wußte, daß Johannes nicht der war, den der Leutnant wirklich gesucht hatte, und daß es die Liebe zu Hannah gewesen war, die ihm den frühen Tod gebracht hatte. Der Baron von Knabig schenkte meinem Großvater ein ansehnliches Stück Land, und die Dörfler boten unserer Familie das Haus zu eigen an, das wir gemietet hatten. So blieb unsere Familie in Liebenberg. Den Franzosen aber, der das Giftwasser getrunken hatte und der in unser Haus getragen worden ist, den hat meine Großmutter gesundgepflegt. Als später die Preußen nach versprengten Soldaten des Franzosenkaisers suchten, da hat sie ihn versteckt, und keiner aus dem Dorf hat ihn verraten, obgleich es längst nicht allen recht war, daß einer der ‚Franzmänner' so gut davonkommen sollte. ‚Ein unschuldig Getöteter ist genug', sagte meine Großmutter. ‚Was kann er schon dafür, daß sein Kaiser Krieg macht. Es sind immer nur die kleinen Leute, die für den Krieg bezahlen und sterben müssen.'
Eigentlich hieß der französische Soldat Pierre. Aber meine Großmutter hat ihn das ganze Jahr, in dem er bei uns geblieben ist, Jean gerufen, obwohl er schmal und schwarzhaarig war und in nichts meinem Onkel Johannes glich.
Oft bin ich an der Hand meiner Großmutter

in den folgenden Jahren zum Kirchhof gegangen. Großvater hatte ein mannshohes Kreuz auf das Grab seines Sohnes gestellt. Der Grabhügel war in der warmen Jahreszeit stets mit Blumen überhäuft und selbst jetzt, nach über fünfzig Jahren, tragen die alten Leute noch ihre Sträuße auf das Grab meines Onkels Johannes."

Alte Ziegelei

Die Zeiten waren schlecht 1932. Viele Millionen Arbeitslose gab es. Da waren die Männer der Zieglergruppe von Meister Corbes froh, daß sie im Januar noch einen Vertrag schließen konnten, der ihnen die Arbeit bis in den Herbst hinein sicherte. Sie feierten in einem Gasthaus diesen Erfolg. Auch Opa Strate saß dabei, ein alter Ziegelbrenner, der schon einige Jahre nicht mehr mit hinausgezogen war. Als die Ziegler anfingen, von der Kampagne im vergangenen Jahr zu erzählen, und über ihre Leistungen zu prahlen begannen, da sagte Opa Strate: „Ach, was ihr da redet. Das war doch früher alles ganz anders. Keine einzige Maschine gab's, kein Mischwerk, als ich damals loszog. Nicht mal Ringöfen standen überall. 1872 war ich mit Friedrich Bücker bis weit nach Ostpreußen gegangen. Feldbrand mußten wir machen, weil die das da mit den Ringöfen noch nicht kannten. Steinchen haben wir gebrannt, sage ich euch, Steinchen! Eines wie das andere. Fritz Bücker hatte einen festen Vertrag mit einem Gutsbesitzer gemacht. Anderthalb Millionen Steine sollten wir brennen. Da mußten wir ganz anders ranklotzen als ihr heute."

„Und der Regen, Opa?" fragte Dökemeier. „Wie war das mit dem Regen?"

„Ja, das war im Juli. Das Wetter war herrlich. Wir schufteten Tag für Tag von morgens fünf bis abends neun und hatten ungefähr 'ne Viertelmillion Steine zum Trocknen liegen. ‚Immer noch mehr', sagte Meister Bücker. ‚Immer noch mehr! Das Wetter ist beständig.' Wenn man bloß kein Regen kommt, dachten wir alle, wenn man bloß kein Regen kommt. Denn die Steine lagen ja unter freiem Himmel. Für 'n leichten Guß hatten wir Strohmatten. Die konnten wir über die frischgeformten Rohlinge legen. Aber ein richtiger Platzregen, der würde unsere Arbeit in ein paar Stunden hinmachen.

Am nächsten Tag sollte der Ofen gebaut werden. Der Hagensetzer Männe Pötters hatte

eine riesige Menge hoch aufgestapelt. Schicht für Schicht, schön akkurat die Züge gebaut, Stein auf Stein. Sah aus wie das Fundament vom Turmbau zu Babel.
Dann ging's los, Leute. Ich werde im Mai achtundsiebzig, aber all mein Lebtag habe ich vorher und nachher nichts gesehen wie das, was an dem Nachmittag passiert ist. Ganz schnell zog von Nordwesten über den Waldrand her eine Gewitterwand auf. Du konntest sie wachsen sehen: pechschwarz und schweflig gelb die Ränder. Junge, wir wurden auf einmal flink, sage ich euch. Die Strohmatten raus und rübergeschleppt zu den Ziegeln. ‚Mehr, mehr!' schrie der Hagensetzer. Er stand oben auf dem Berg, und wir warfen ihm die paar Matten zu, die wir hatten. So gut es ging, deckte er alles ab. Aber es ging nicht gut. Er war noch nicht halb fertig, da fielen die ersten Tropfen. Hier und da und dick wie Sommerbirnen. Aber noch schien etwas den vollen Schauer zurückzuhalten.
Inzwischen war der ganze Himmel schwarz, und ein fahles Licht lag über der Ziegelei.
Da kam auf einem großen Schimmel Herr von Gathenow geritten und hinter ihm her ein Fuhrwerk, von zwei Pferden im Galopp gezogen. Strohmatten und Segeltuch waren auf dem Leiterwagen. Der Fuhrmann brachte den

Wagen dicht vor dem aufgeschichteten Material zum Stehen. Der erste Blitz zuckte auf, und gleich danach ein Donner wie ein Kanonenschlag. Da zog irgendwas die Schleusentore auf. Soviel Wasser auf einmal habe ich noch nie vom Himmel fallen sehen. Ein starker, ziemlich böiger Wind fegte über uns hinweg. ‚Abdecken!' schrie Herr von Gathenow und ritt wie ein Verrückter um den Ofen herum. ‚Abdecken!'

Männe Pötters versuchte es wirklich, aber der Wind wehte eine um die andere Matte weg. Sie flogen wie Geistermäntel durch die Luft.

‚Los, mehr Leute rauf!' schrie Herr von Gathenow. Wir standen wie angewurzelt und sahen, wie eine wochenlange Arbeit zu einem gelbbraunen Brei auseinanderfloß.

Da riß von Gathenow seine Flinte von der Schulter. ‚Los!' sagte er. ‚Keine Arbeitsverweigerung auf meinem Grund und Boden!' Er lud durch.

‚Wenn er schießt', sagte der Meister, ‚dann hol' ich ihn vom Pferd. Dann kann er probieren, wie Lehm schmeckt!'

Simon Koch, unser kleiner Junge, gerade vierzehn Jahre alt, der kriegt es doch mit der Angst, heult auf und fängt an, auf den Steinstapel zu klettern. Es ist glitschig, aber er schafft es. Männe, der Hagensetzer, rutscht

aus. Gerade als der Junge oben ist und sich aufrichtet, fällt er längelang auf den Rücken und gleitet wie auf einer Eisbahn den Lehmhang hinab. Wir sehen schon, daß unsere Arbeit für die Katz war. Der ganze Berg gerät ins Schwimmen, und obendrauf der Junge. ‚Abdecken!' brüllt von Gathenow wie ein Irrer. Aber der Junge ist lahm vor Schreck. Es sieht aus, als ob er langsam wegsackt, in den Lehmhaufen hinein. Da legt der Verrückte doch tatsächlich seine Flinte an. Der Junge dreht ihm den Rücken zu, will endlich runter. ‚Bleib oben, du Feigling', schreit von Gathenow dem Simon zu. Doch der beginnt herunterzuklettern. Von Gathenow hält voll auf ihn drauf und drückt ab. Durch all den Lärm hören wir den Schrei, ganz hell und hoch. Simon war noch nicht einmal im Stimmbruch. Er fällt in den Lehm, droht zu versinken. Doch Männe Pötters wirft das Seil hinauf, das sie auf dem Wagen über die Matten gespannt hatten. Der Junge greift danach. ‚Bind's dir um den Bauch!' schreit Männe.
Der Meister ist inzwischen dicht an von Gathenow herangesprungen, zerrt ihn mit einem Ruck vom Pferd und stößt ihn in den Schlamm. Das Gewehr schleudert er in den Lehmberg. Das Pferd wird wild. Bücker faßt es am Zügel und führt es an den Berg heran. ‚Bin-

det das Seil am Sattelgurt fest', sagt der Meister zu Männe. Der macht's, und dann läßt Bücker das Pferd ganz vorsichtig anziehen. Es war verdammt schwer, den Jungen da rauszukriegen. Denn was der Lehm einmal gepackt hat, das läßt er so leicht nicht wieder los. Es gab ein Geräusch, wie wenn du einen Korken aus der Flasche ziehst. Dann war der Junge frei, und wir nahmen ihn unten in Empfang. ‚Mein Arm! Mein Rücken!' schrie Simon immer wieder. Wir trugen ihn ins Quartier.
Den Schimmel ließ der Meister einfach losrennen. Von Gathenow kletterte auf den Wagen und fuhr los. Kein Wort sagte er mehr.
Wir wuschen dem Jungen den Lehm vom Leib. Sein Rücken war gespickt mit feinen Schrotkörnern, und die meisten saßen im Hintern, alle dicht unter der Haut. Er konnte von Glück reden, daß er sich bei Beginn des Regens seine dicke Jacke übergezogen hatte.
Wir wollten die Bleikugeln schon rausquetschen, da sagte der Meister: ‚Drin lassen! Morgen in aller Frühe bringe ich ihn zum Amtsrichter nach Allenstein. Der soll sich das ansehen, bevor ich mit Simon zum Arzt gehe. Das Biest von Gathenow soll es büßen!'
Es regnete und regnete, und die Tropfen prasselten stundenlang auf das Dach. Simon lag auf dem Bauch im Bett. In der Nacht schrie er

immer wieder mal auf und jammerte: ‚Mein Arm, mein Arm!' und hatte doch nur Schrotkugeln in der Rückseite sitzen.
Am nächsten Morgen war der Himmel wieder klar und gläsern. Unsere Ziegel waren zerflossen. Sie lagen wie ein riesiger Kuhfladen dort, wo an dem Tag der Ofen angebrannt werden sollte. Die Rohlinge, die wir zum Trocknen ausgebreitet hatten, sahen aus wie tausend und abertausend Maulwurfshaufen.
‚Ihr geht alle als Zeugen mit', sagte Meister Bücker.
Wir haben das Blatt von der Tür in unserem Quartier ausgehängt und den Jungen darauf gebunden. Unser Weg führte über den Gutshof hinweg. Männe Pötters hatte das Gewehr aus dem Lehm herausgefischt. Es war eine leichte Schrotflinte. Die nahm er zur Vorsicht mal mit. ‚Wer weiß', sagte er, ‚vielleicht hetzt der Gathenow die Hunde auf uns.' Auf dem Hof aber stand der Gathenow nicht, und nirgendwo sonst konnten wir ihn erblicken. Wohl seine Frau. Die war ganz anders als er. Ruhig war sie, und irgend etwas hatte sie an sich, was uns imponierte. Wir kannten sie gut, denn sie besuchte uns häufiger und brachte jedesmal ein großes Stück Speck für uns mit. Einmal kam sie mit einer Magd. Die lud einen Handkarren ab. Ein Sack Erbsen und Mehl waren

darauf. ‚Wer gut arbeitet, der soll auch gut essen', sagte Frau von Gathenow. Dabei stand im Vertrag, daß wir uns selbst zu versorgen hätten.
Die Frau stand also in der Haustür, als wir über den Hof wollten. Sie kam die Treppe herunter und sah sich den Jungen an.
‚Ja', fauchte Friedrich Bücker. ‚Gucken Sie nur genau hin, was Ihr Mann angerichtet hat!' Er zog dem Jungen den Hintern blank. Um die Einschüsse herum hatten sich pfenniggroße blaue Flecken gebildet. Es sah aus, als ob Simon die Pest hätte.
‚Seid ihr verrückt?' stieß die Frau hervor. ‚Habt ihr die Kugeln nicht sofort rausgeholt?'
‚Der Richter soll sie erst sehen', sagte Friedrich.
‚Ihr wollt den Jungen wohl vergiften, was? Selbst wenn ich euch einen Wagen gäbe – ihr brauchtet vier Stunden bis Allenstein.' Sie strich dem Jungen über den Kopf. ‚Los, ins Haus mit ihm!' Wir zögerten und schauten auf den Meister. ‚Oder wollt ihr ihn auf dem Gewissen haben?' fragte sie.
Friedrich Bücker gab uns mit der Hand ein Zeichen. ‚In die Küche! In die Küche!' befahl die Frau. ‚Ein sauberes Laken über den großen Tisch!' rief sie. Die Köchin schaffte es herbei. ‚Den Jungen ausziehen!' befahl sie den Mäg-

den. Die kicherten blöd. Da zogen wir ihm die Kleider vorsichtig vom Leib und legten ihn bäuchlings auf den Tisch. ‚Mein Arm!' jammerte Simon, als wir ihn anfaßten.
Sie schaute sich den Arm an. ‚Habt ihr denn nicht gemerkt, daß er sich den Arm ausgekugelt hat, ihr lippischen Schafsschädel?' schimpfte sie. ‚Los, haltet ihn fest!' Wir faßten den Jungen vorsichtig an den Beinen und auch am Rücken. ‚Festhalten, habe ich gesagt, festhalten! Den Kopf auch!'
Simon hat später gestanden, er hätte geglaubt, sie wollte ihn abschlachten. Aber sie renkte mit einem Ruck den Arm ein. Simon jaulte auf, und sie sagte: ‚Ihr könnt ihn loslassen.' Den Simon fragte sie: ‚Na, was ist mit dem Arm? Tut's noch weh?' Da hörte der Simon auf zu weinen. Man sah, daß er staunte. Er antwortete und verschluckte sich dabei: ‚Nee, ich spür' nichts mehr, fast gar nichts.'
‚Na, siehst du!' Sie zog sich einen weißen Kittel an und sagte zu der Köchin: ‚Hol den Cognac vom Herrn, Laura. Den guten, den aus dem Eckschrank.'
Wir hofften schon, sie würde die Flasche kreisen lassen, aber daraus wurde nichts. Sie schüttete einen Guß davon über den Jungen von den Schultern bis zu den Beinen und verrieb ganz sanft das gute Zeug über seinem

Rücken. ‚Zeig uns mal, daß du ein Mann bist, Simon', sagte sie, und ihre Stimme schnurrte jetzt wie eine Katze. ‚Ich piekse dir jetzt die Kügelchen raus, aber es tut längst nicht so weh wie das mit dem Arm.'
‚Ist gut', sagte Simon. Er hatte offenbar Vertrauen zu ihr gefaßt.
Sie nahm aus der Schürzentasche so eine Art Wäscheklammer, klemmte sie um die Einschußstellen und puhlte Blei um Blei mit dem Ösenende einer Stopfnadel heraus. Simon schluchzte noch ein paarmal auf, aber er weinte nicht mehr. Wir standen in der Küche und schauten zu. Jedesmal, wenn ein Blei auf den Tisch klickerte, hat sie die Stopfnadel mit einem Wattebausch und Cognac abgerieben. Die Köchin schenkte uns einen Kartoffelschnaps ein und noch einen zweiten, aber er schmeckte uns nicht so gut wie sonst. Es hing nämlich ein wunderbarer Duft in der Luft, der Duft von französischem Cognac. Und dann fällt ein Kartoffelschnaps eben mächtig ab.
Sechzehn Kügelchen operierte sie raus und legte sie alle auf eine Ecke des Lakens. Dann richtete sie sich auf und sagte: ‚Das Gänseschmalz, Laura!' In einem irdenen Topf brachte die Köchin das Gänseschmalz. Die Frau massierte ganz behutsam damit den Rücken und den Hintern und sagte: ‚So, und nun

könnt ihr mit dem Jungen nach Allenstein zum Richter gehen. Quält ihn nur weiter!'
Sie legte die Kügelchen in ein weißes Spitzentaschentuch und drückte es dem Friedrich Bücker in die Hand. ‚Der Beweis', sagte sie.
Friedrich druckste herum und sagte endlich: ‚Strafe muß sein für so was!'
Sie wiederholte die Worte und nickte: ‚Strafe muß sein, du sagst es.'
Wir drehten die Schnapsgläser in den Händen. Sie nahm die Cognacflasche und schüttete uns von dem kostbaren Tropfen ein. Bis an den Rand voll goß sie die Gläser. Ein Rest blieb noch übrig. Sie leerte ihn aus der Flasche in zwei Gläser. Eines reichte sie dem Simon und sagte: ‚Du hast dich gehalten wie ein richtiger Mann.' Das andere nahm sie selbst und sagte spöttisch: ‚Auf die Gerechtigkeit, meine Herren!' Wir tranken ihr zu, und es floß uns wie brennendes Öl durch die Kehle.
‚Also, auf nach Allenstein!' sagte Friedrich Bücker.
‚Einen Augenblick noch', bat sie, trat ans Küchenfenster, das zum Hof hin lag, und winkte Friedrich Bücker zu sich heran. ‚Siehst du die Kuh dort, Meister?'
‚Ein schönes Tier', sagte Friedrich.
‚Die beste Kuh, die wir von Gathenows im Stall haben.'

Wir gingen auch an eines der Fenster und schauten die Kuh an, die von einem Knecht an einem Strick gehalten wurde und die wie ein spanischer Kampfstier mit dem rechten Vorderhuf den Boden aufwarf.
‚Diese Kuh für die Kugeln im Hintern des Jungen', sagte sie, ‚und ihr könnt euch den Weg nach Allenstein sparen.'
Eine Kuh, das war für uns etwas ganz Besonderes. Wir kleinen Kötter hatten zu Hause ein paar Ziegen. Zu einer Kuh reichte es bei keinem.
‚Jeden Tag Milch', schwärmte Männe Pötters.
‚Fünfzehn Liter pro Tag! Und im Herbst könnt ihr sie schlachten.'
Friedrich trat von einem Bein auf das andere.
‚Die Gerechtigkeit kann man nicht verkaufen', wandte er ein.
‚Stimmt', sagte sie. ‚Deshalb die Kuh zur Buße. Und in Zukunft werdet ihr nie mehr mit meinem Mann zu tun haben, sondern nur noch mit mir.'
‚Es waren aber nicht nur Kugeln im Hintern', sagte Männe schlau. ‚Was ist mit denen im Rücken?'
Sie schmunzelte und murmelte: ‚Diese Lipper! Die sind gerissener als die ostpreußischen Pferdehändler!' Sie atmete tief durch und sagte: ‚Also gut, für das Blei im Rücken ein Kalb,

wenn ihr mit eurer Arbeit fertig seid. Aber das Kalb ist allein für den Jungen. Er soll's mit zu seiner Mutter nach Hause nehmen.'
‚Was meinst du selbst, Simon?' fragte Friedrich.
Noch bevor er antworten konnte, sagte die Frau: ‚Das war mein letztes Wort. Wenn ihr lieber nach Allenstein zum Gericht rennt, dann wird mein Mann, der Hitzkopf, zahlen müssen, vielleicht sogar mehr, als die Kuh kostet. Aber ihr, ihr seht keinen Pfennig von dem, was der preußische Staat dem Gathenow abnimmt.'
‚Ich hätte gern das Kalb', sagte Simon.
‚Also dann', stimmte Friedrich zu, und wir tranken den letzten Tropfen aus unseren Gläsern.
Die Kuh hat uns Glück gebracht. Kaum noch ein Tropfen Regen ist in dem Jahr gefallen, und wir hatten schon am ersten Oktober die bestellten Steine gebrannt. Auf eigene Rechnung haben wir dann noch bis Mitte Oktober weiterbrennen dürfen. Die Bauern sind mit ihren Pferdewagen von weit her gekommen und haben uns die Steine heiß weggekauft. War eben lippische Qualitätsware."
„Und das Kalb?" fragte Christian, der jüngste Ziegler in der Runde.
„Simon hat es mit nach Lippe genommen. Es

war mehr wert als sein Lohn für die ganze Kampagne. Das Tier hat sogar einen Namen von uns erhalten. Wir haben es Justitia getauft."

„Mensch, Opa", sagte Dökemeier, „du kannst Geschichten erzählen, daß einem die Uhr stehenbleibt."

Treck über den gläsernen Sarg

Vater schnalzte mit der Zunge. Die Kinder verkrochen sich in den Wagen und rückten enger zur Mutter. Plötzlich spürten sie die Kälte. So sahen sie die ersten Toten nicht, die am Feldrain lagen. Kinder zumeist. Erfroren. In der letzten Nacht erfroren. Klein und spitz ihre Gesichter. Der Vater saß steif auf dem Bock und starrte nach vorn. Die Räder sanken tief in den Schlamm der Straße.

Ein Lastwagen überholte sie. Wasser und Dreck spritzten gegen Fuhrwerk und Pferd. Sanitäter hockten im Wagen und einige Frauen. Sie hatten Glück gehabt und waren von den Männern mitgenommen worden, obwohl es den Soldaten verboten war, Flüchtlinge zu befördern. Sie erreichten die niedrigen Häuser

eines Fischerdorfes. Die Küste war nicht mehr weit. Der Zug stockte wieder.
Da sang plötzlich ein heller Ton in der Luft und erstickte die Rufe von Wagen zu Wagen. Der Summton wurde lauter und tiefer. „Tiefflieger!" gellte eine Frauenstimme.
„Raus!" schrie Vater in den Wagen hinein. „In das Haus!" Konrad war mit einem Satz vom Wagen und half Franz. Hedwig kletterte heraus. Sie reichte Mutter die Hand. Da brausten sie heran. Schattenvögel mit riesigen Schwingen. Heulen und Dröhnen erfüllte die Luft. Dazwischen das harte, abgehackte Hämmern der Schnellfeuerkanonen in den Flugzeugen und das Rattern der Maschinengewehre. Konrad jagte gehetzt in den Schutz des Hausflurs, zerrte Franz hinter sich her, warf sich zu Boden und zog den Bruder herab. Hedwig und Albert eilten hinzu. Beschwerlich kletterte Mutter vom hohen Wagen. Vater sprang ihr zu Hilfe. Da spritzte vor ihm der Schlamm auf, kleine Doppelreihen todbringender Einschläge. Nicht größer, als wenn Konrad kleine Steinchen in den Schlamm geworfen hätte. Mutter hatte sich eng an den Vater gepreßt.
Einen Augenblick donnerten die Motoren dicht über sie hinweg und übertönten die Abschüsse. Konrad sah die rotblauen Flämmchen an den Mündungen aufzucken, ehe er den

Kopf in die Arme barg und sich mit den Handballen die Ohren hielt. Vorsichtig schaute er nach einer Weile auf. In der Ferne klang das Geräusch der Flugzeuge wie das wütende Brummen einer Hummel. Härter hackten die Maschinengewehre. Dann verklang auch ihr Mordgeräusch.

Konrad raffte sich auf. Er zitterte. Mutter eilte von Vater weg. Konrad blickte ihr nach.

Da lag ein Junge ausgestreckt im Schlamm der Straße. Weit hatte er die Arme ausgebreitet, als ob er die Erde noch einmal fassen wollte. Noch bevor sie ihn erreichte, stürzte eine andere Frau neben ihm in die Knie, ohne den Morast der Straße zu beachten. Sie hob den Knaben in ihren Schoß und wischte ihm den Schmutz aus dem Gesicht. Schlaff hing der Arm herunter, und die Hand bewegte sich ohne Kraft, leblos. Hellrot troff das Blut den Ärmel entlang, sickerte in den Schmutz der Straße und vermischte sich mit dem braunen Schneewasser.

„Tot", flüsterte die Mutter.

Vorn zogen die Wagen an. Eine alte, krumme Frau trat zu der jüngeren in die Straßenmitte.

„Laßt die Toten ihre Toten begraben, Frau", sagte sie mit harter, rissiger Stimme.

Wortlos ließ die junge Frau es zu, daß sie ihr das Kind vom Schoß nahm, es wie eine kost-

bare Last auf ausgestreckten Armen zum Rand der Straße trug und es in den schweren Schnee bettete. Sie faltete dem Jungen die Hände, verweilte bei ihm und trat wieder zu der Frau, die immer noch zusammengesunken dort kniete und auf den schwärzlich-roten Fleck auf der Straße starrte. Sie ließ sich von der Alten zu ihrem Wagen führen, schwankend, den Kopf tief gesenkt.
Lotter zog an. Mutter saß stumm und strich Hedwig fortwährend durchs Haar.
„Wir wollen für den Jungen beten, den die Kugel traf", sagte die Mutter.
Der Vater hörte es vorn. Bitterkeit stieg in ihm auf. Sie würden ihr ganzes Leben nicht fertig, wenn sie für jedes tote Kind nur ein Gebet beten würden, dachte er und zwang sich, die Augen vom Straßenrand zu wenden.
Schon gelangten sie an die letzten Häuser, da lief ein Mann ihnen entgegen. Als er näher herankam, erkannte Vater den alten Schmidthaus aus Packenberge.
„He, Schmidthaus, das ist die falsche Richtung", rief er.
Der Greis trat herzu. „Laßt cuch warnen, Bienmann. Sie haben am Ufer eine lange Kette gebildet und halten jeden Mann fest, ganz gleich, ob alt, ob jung."
„Ich habe ja meinen Schein."

„Den werfen sie dir in den Dreck.“ Der Alte lief weiter.
„He, Agnes“, unterbrach Vater die Beter. „Komm auf den Bock.“
Die Mutter kletterte neben ihn.
„Ich will einmal vorlaufen und nachsehen, was dort am Ufer los ist.“ Er drückte Mutter die Zügel in die Hände, griff unter dem Sitz nach dem Eimer und lief davon.
Was mag er mit dem Eimer wollen? dachte Mutter.
Aber da ging es weiter. Hinter der letzten Düne lag die ebene Fläche des Haffs, grau und endlos. Wie eine Perlenschnur zog sich die Wagenreihe in großem Bogen darüber hin, eine Kette ohne Ende. Ganz in der Ferne verschwamm sie wie ein dünner, weicher Bleistiftstrich.
„Konrad“, rief Mutter. „Komm zu mir und schau nach Vater aus.“
Konrad stellte sich neben sie. Doch nirgendwo konnte er Vater sehen. Wagen, Soldaten, Flüchtlinge, die mit leichten Bündeln zu Fuß vorbeieilten, einige Autos.
„Siehst du ihn?“
„Nein, Mutter.“
Noch fünf Wagen vor ihnen, dann waren sie auf dem Eis. Die Soldaten durchsuchten jeden Wagen in Eile. Dort holten sie einen Jungen heraus, kaum einen Kopf größer als Konrad.

„Er ist mein Neffe!“ schrie eine Frau. „Gerade erst fünfzehn ist er. Laßt ihn mitziehen.“
„Er bleibt!“ antwortete der Offizier. „Oder willst du deine Heimat nicht verteidigen?“ fragte er laut den Jungen.
Der nickte stumm und blaß.
„Verteidigen?“ schrie die Frau. „Mit Kindern wollt ihr verteidigen!“
„Sei still, Tante“, bat der Junge leise.
„Los weiter!“ drängte der Offizier und gab dem Soldaten einen Wink. Mit einem Lederriemen klatschte der dem Pferd auf den Rükken. Es warf den Kopf und trabte aufs Haff, daß die Eisdecke zitterte.
„Siehst du Vater?“ Angstvoll klang die Stimme der Mutter.
„Nein, nirgendwo.“
Noch drei Wagen. Auch der Greis auf dem Bock vor ihnen mußte bleiben. Er war älter als siebzig. Still blickte er seiner Frau in die Augen und gab ihr die Zügel.
„Wir sehen uns bald wieder, Katharina“, sagte er und deutete nach oben.
„Komm, Alter, predigen kannst du später“, unterbrach ihn ein junger Soldat rauh.
„Sieh nach Vater“, bat die Mutter.
Der Soldat trat heran. „Na, kein Mann an Bord?“
„Nein“, sagte die Mutter fest.

„Laßt mich mal unter die Plane sehen."
Er griff nach dem Verdeck.
„Finger weg!" zischte die Mutter.
Der Soldat kuschte. Sie schlug selbst die Plane zurück. Franz kniff, vom hellen Licht geblendet, die Augen zusammen.
„Schon gut", knurrte der Soldat und gab den Weg frei.
Der Wagen rumpelte über die Bretterrampe auf das Eis.
„Wo ist Vater?" hauchte die Mutter.
Konrad kamen die Tränen. „Ich kann ihn nicht sehen, Mutter, nirgendwo."
Die Kinder rückten dicht an die Mutter. Konrad schaute immer wieder zum Ufer zurück. Er hoffte, Vater noch einmal zu sehen. Doch Tränen verschleierten ihm den Blick. Zudem wuchs die Entfernung allmählich. Der Treck zog geradewegs vom ostpreußischen Ufer weg auf die Nehrung zu. Lotters Hufe schlugen nur zuweilen hart auf. Räder und Eisen knirschten im Kristallstaub der von tausend Wagen zermahlenen Eisfläche.
„Ich will meinen Vater wiederhaben", rief Franz in kindlichem Trotz. Er wartete vergebens auf Antwort und brach plötzlich in lautes Weinen aus. Mutter drückte seinen Kopf mit der freien Hand in ihren Schoß, und er vergrub sein Gesicht in ihrem Kleid. Da gab

sie Konrad die Zügel und hob den Jungen zu sich und hielt ihn im Arm.
Vor ihnen rollte ein schwerbeladener Leiterwagen. Möbel und Geräte waren mit einer braunen Plane abgedeckt. Vorn saßen drei oder vier Menschen. Doch wurden sie halb verdeckt von der hoch aufgetürmten Ladung. Die beiden schweren Pferde führte eine junge blonde Frau. Franz ließ sich nicht beruhigen. Kaum war er ein wenig zu Atem gekommen, stieß er seine Frage wieder hervor: „Wo ist der Vater?" Mutter beugte sich über ihn und flüsterte auf ihn ein.
Die Festlandküste war nur noch ein grauer Balken am Rand der Eisfläche. Selbst die Häuser schrumpften zusammen. Die Stäbe, die im Eis den Weg bezeichneten, wurden in der Ferne dünn wie schwarzgebrannte Streichhölzer. Konrad blickte unentwegt nach vorn. Seine Augen wurden klar. Er war jetzt der Mann. Er wollte still alles übernehmen, was Vater bisher getragen hatte. Vater sollte mit ihm zufrieden sein. Wie viele Wagen fuhren ohne Männer. Fast überall zogen Frauen und Kinder. Die wenigen Greise wollte er nicht rechnen.
Aber dort wartete ein Mann. Er trug einen Eimer in der Hand und blickte auf die Wagenreihe, als ob er jemand suchte.
„Sieh mal, Mutter", sagte Hedwig unsicher,

sprang dann aber mit einem Satz über den Bock vom Wagen herunter und eilte längs des Zuges über das Eis.
„Vater! Vater!“ schrie sie.
Der Mann lief jetzt auch. Die Mutter hatte sich erhoben. Röte flog über ihr Gesicht. Jetzt erkannte Konrad die Mütze, die lange Jacke, den Zinkeimer.
„Er ist es wirklich“, jubelte Albert. Franz vergaß seine Fragen und streckte Vater die kurzen Arme entgegen.
Vater wirbelte Hedwig einmal herum, griff nach dem kleinen Kind und hob es hoch, half Hedwig schließlich in den Wagen und sprang selber auf. Mutter legte ihr Gesicht auf des Mannes Schulter. Es war, als ob ihre ganze Kraft jetzt zusammensänke. Ihr Rücken bebte. Die Kinder drängten sich um den Vater. Albert faßte seine Jacke, Franz wischte mit einem Zipfel von Vaters Schal seine letzten Tränen von den runden Backen, Hedwig lehnte sich gegen seinen Rücken, und Konrad nahm seine Hand und legte die ledernen Zügel hinein.
„Es war die einzige Möglichkeit, Agnes“, erklärte Vater mit leiser Stimme. „Sie hielten alle Männer unter siebzig fest. Ich lief mit dem Eimer durch die Postenkette auf das Eis und sagte, ich wollte Wasser für das Pferd. Da ließen sie mich durch. Ich schritt erst ganz

langsam und horchte stets, ob nicht ein Befehl mich zurückrief. Dann ging ich zwischen zwei Fuhrwerken. Die alte Bäuerin merkte gleich, was ich vorhatte, und winkte mir zu. Schnell verbarg ich mich auf ihrem Wagen. Sie deckte mich mit einem Oberbett zu. So gelang es durchzukommen."

„Es ist gut, daß du wieder bei uns bist, Johannes." Die Mutter blickte ihn an. Ein Lächeln huschte um ihren Mund.

„Was wären wir ohne dich?"

„Vater", sagte Albert.

„Ja, Junge?"

Eine Sekunde zögerte der Blondschopf. Dann nahm er seine Faust aus der Tasche, öffnete sie und streckte Vater ein verklebtes, rotes Himbeerbonbon entgegen. „Das schenke ich dir."

Es war ein klarer Wintertag mit eisblauem Himmel. Die Küste lag jetzt in einem dunstigen, dünnen Nebelschleier. Die Wagen fuhren langsamer. Vor ihnen hatte eine Spalte das Eis zerrissen. Wasser quoll daraus hervor und überspülte die Fläche. Ein paar Bohlen ersetzten die Brücke.

Der schwerbeladene Wagen vor ihnen fuhr vorsichtig darüber. Heftiger strömte das Wasser aus der Spalte. Ein helles Surren jagte über das Eis und fuhr den Fliehenden ins Mark. Es endete in einem Peitschenknall irgendwo im Haff.

„Wir werden doch nicht einbrechen, Vater?" ängstigte Hedwig sich.

„Kind, sieh doch den Wagen vor uns an. Wo das Eis diese schwere Last tragen kann, da können wir getrost und sicher fahren."

Gegen zwölf Uhr stockte der Zug. Die ostpreußische Küste war ganz verschwunden, und die schneeigen Dünen der Nehrung wuchsen aus der grauen Eisfläche.

Da erscholl hohes Gebrumm von Flugzeugmotoren. Tausend Augen suchten den Himmel ab. Kinderaugen und Greisenaugen. Tausend Spiegel der Angst. Keine Deckung gab es auf dem Eis, keinen schützenden Hausflur, keinen Keller, nirgendwo einen Baum, einen Graben. Es waren dreimotorige Maschinen, die wie gierige Raubvögel dicht über die Dünen wegflogen und auf die wehrlosen Opfer zustießen. Die Maschinengewehre bellten, die Motoren schrien auf, donnerten über die Wagen hinweg, wurden leiser, kehrten noch einmal zurück, schienen alles verschlingen zu wollen und verklangen allmählich.

Vater hielt Lotter kurz am Halfter. Die Kinder hoben die Gesichter. Ihre großen Angstaugen suchten den Himmel ab.

„Dort vorn", sagte Albert.

Die Schlange schien sich zu einem Knäuel verwickelt zu haben. Ärgerliche Rufe schallten herüber. Ein Pferd wieherte laut und wild. Ein Pistolenschuß knallte wie ein Flaschenkorken.

„Dahinten schert ein Wagen aus!" rief Konrad.

„Was ist das? Er hält ja aufs offene Eis zu!" sagte Hedwig ängstlich.

„Eine Frau steht davor. Sie reißt dem Pferd den Kopf hoch!"

„Sie hat zu wenig Kraft. Das Pferd zwingt sie."

Toll vor Angst rannte das Pferd. Hell schlugen seine Hufe auf das blanke, unbefahrene Eis, und es sprangen helle, gläserne Töne herauf, scharf und durchdringend.

„Die Spalte!" Vater sah den Riß im Eis.

„Vielleicht schafft sie es doch?" hoffte Albert.

Da erhob sich ein klingendes Bersten: als ob ein Glas zerspringt, in das zu heißes Wasser gegossen wird; ein zorniger Donner folgte ganz nah. Breitbeinig stand die Frau. Und plötzlich hatte das Haff den Wagen verschluckt, und mit ihm versank alles, was er getragen hatte. Schnell wie ein Stein, der ins Wasser fällt, war er verschwunden. Große Luftblasen quirlten auf. Eine dünne Wasserschicht ergoß sich weit über das Eis. Vater zog die Mütze vom Haar.

Der Treck fuhr an. Wenige Minuten später gelangten sie zu der Stelle, an der das Pferd ausgebrochen war. Neben der zermahlenen Fahrspur lag der Kadaver des Schimmels in einer schaumigen Blutlache.
Es blieb lange hell an diesem Tag. Die Sonne zog vor ihnen her und versank wie eine rote, matte Scheibe im Dunst. Die Nacht brach schnell herein. Der Zug stockte. Es sprach sich herum, daß in der Nacht niemand weiterfahren durfte. Das wäre wegen der Risse und Rinnen zu gefährlich. Einige Lastwagen brummten vorbei nach Osten. Sonst blieb alles still.
„Die Eisfläche beult sich unter der Last ein wenig ein", sagte Vater. Sie krochen dicht zusammen. Mutter hatte das Bettenbündel aufgeschnürt. Aber selbst unter dem Federberg froren sie.
Konrad erwachte und hatte das Gefühl, es müßte bald Morgen sein. Die Zeltplane vom Kutschbock schlug gegen das Holz. Er stand leise auf, um sie festzubinden. Sturm pfiff ihm ins Gesicht und trieb dicke Schneeflocken und Regen mit sich. Eine weiße Schneewolke, die so dicht war, daß er nicht einmal Lotters Ohren sehen konnte, hüllte alles ein.
„Warum bist du aufgestanden?" flüsterte Vater und trat neben den Jungen.

„Die Plane schlug im Wind."
„Schneesturm."
„Schlimm, Vater?"
„Ja und nein. Jedenfalls werden die Tiefflieger nicht kommen."
„Das ist gut, Vater. Hör, wie das Kind da drüben schreit."
„Ja, Junge, es jammert schon seit Stunden."
„Ich glaube, es geht auf fünf Uhr zu, Vater."
„Mag sein, Junge. Aber heute wird es vor acht Uhr nicht hell. Leg dich noch einmal hin und schlaf."
Konrad kroch wieder in den Federberg. Vater zerrte die Plane fest und legte sich ebenfalls nieder. Der Sturm heulte lauter und verschlang selbst das Kinderschreien vor ihnen. Nur zuweilen drang es noch herüber, leiser.
Während Konrad bald wieder eingeschlafen war, blieb Vater mit offenen Augen liegen und dachte an die kommenden Tage. Würde die Flucht überhaupt gelingen? Oder stand der Russe am Fuß der Nehrung schon bereit, um sie zu empfangen? Schnitt er sie in Danzig ab oder in Gdingen? Konnte die wankende deutsche Front die russische Walze noch einmal zum Stehen bringen? Oder wenigstens ihren schnellen Vormarsch verlangsamen? Ob sie bald heimkehren konnten?
Berlin, dachte Vater. In Berlin wohnt Georg,

mein Bruder. Aber wie weit ist Berlin? Viele Wochen mit dem Gespann.
Wie eine schwarze Wand wuchsen die Sorgen vor ihm auf. Schließlich dachte er nur an diesen Tag, der grau und stürmisch heranbrauste. Ob sie das Eis wohl heute schon verlassen konnten? Er schaltete die kleine Taschenlampe mit blaurotem Licht an und zog die Karte aus der Seitentasche. „Wenn der Sturm anhält, kommen wir nur langsam vorwärts. Das heißt, daß wir noch eine Nacht auf dem Eis liegen." Er löschte das Licht und legte sich zurück. Es fiel ihm ein, wie schön es hier vor wenigen Jahren gewesen war.
Rufe drangen durch das Geheul des Sturmes. Eine Trillerpfeife schrillte.
Er erhob sich, wickelte sich den Schal fest und drückte die Mütze tief in die Stirn. Es mußte längst Tag sein. Durch das Schneetreiben sah er das nächste Fuhrwerk nur wie einen Schatten. Und auch der verschwand. Er ergriff hastig die Zügel und trieb Lotter an, der mit steifen Beinen durch das knietiefe Wasser stakte. Jetzt sah er den Wagen vor sich wieder. Ihn verlieren, das hieß den Weg verfehlen, in die Irre fahren.
Er schaute sich um und schrie in die Schneewand. Antwort schallte zurück. Der Treck hielt. Nach einer Stunde war das Wasser

längst nicht mehr so tief. Die Gespanne waren dicht aufgefahren, denn der Schneesturm tobte schlimmer als zuvor. Waagrecht jagte der Wind die Flocken und warf sie gegen Wagen und Pferd. Das Heulen des Sturmes übertönte jeden Ruf und zuweilen sogar das Singen und Bersten des Eises.

„Unsere Kinder frieren, Johannes", klagte die Mutter.

Vaters Gesicht war starr wie das Eis selber. Kaum vermochte er zu antworten.

„Das Kind drüben schreit nicht mehr", sagte er nur.

Franz wimmerte leise. Konrad spürte seine Finger nicht mehr, obwohl er mit Albert unter den Federn begraben lag. Der Sturm fand jede Ritze, jede Spalte.

„Der Kornschnaps!" sagte Mutter.

„Ja, Frau, gib jedem von dem Korn", stimmte Vater zu.

Mutter suchte im Rucksack und zog die Flasche hervor. Sie goß jedem Kind einen großen Schluck in den Becher. Franz sträubte sich, das feurige Wasser zu trinken, doch sie hielt ihm die Nase zu und zwang ihn zu schlucken. Eine brennende Spur floß Konrad durch die Kehle. Er spürte sie bis zum Magen. Er schüttelte sich. Nebelbilder traten vor seine Augen. Erst am Nachmittag schien die Gewalt des

Unwetters gebrochen, doch schneite es fort und fort, und böige Winde wirbelten die Schneeflocken durcheinander. Früh wurde es Nacht. Die zweite Nacht auf dem Eis.

Über dem Docht der Sturmlaterne versuchte Mutter in einem kleinen Topf ein wenig Wasser zu wärmen. Sie wollte wenigstens für Franz ein paar Haferflocken zubereiten. Aber es gelang nicht. Der Wind fuhr in den Wagen und pustete die Flamme aus. Auch wäre das winzige Feuer wohl kaum imstande gewesen, den Schnee zu tauen und das Wasser zu erhitzen. Schließlich gab sie es auf. Franz erhielt eine Scheibe vom letzten halben Brot. Die anderen kauten Haferflocken mit Zucker und als Nachtisch ein kleines Bröckchen Brot. Wurst gab die Mutter den Kindern nicht. Denn die gewürzten Speisen locken den Durst. Und außer dem Schnee, der auf die Zunge fiel, gab es nichts mehr zu trinken.

In dieser Nacht fuhren unablässig Soldaten in beide Richtungen; die Ketten klirrten, das Eis knirschte.

Als Vater am Morgen die Plane losband, hatte das Schneetreiben aufgehört. Zwar war es dunstig, und graue Wolken hingen tief über dem Eis, aber darüber freute er sich. Flieger waren heute jedenfalls kaum zu befürchten.

Gegen Mittag verdichtete sich der Dunst vor

ihnen. Allmählich wuchs aus dem nebligen Schleier die Küste, ein dunkler Streifen über dem Eis. Dann unterschieden sie die Dünen und das helle Grau der Häuser eines Fischerdorfes. Die Katen duckten sich unter schweren Strohdächern.
„Es sieht aus", sagte Hedwig, „als ob die Schneelast auf den Dächern die Häuser in den Sand gedrückt hätte."
„Dort liegen Boote, Vater", rief Albert. „Warum haben die Fischer sie auf den Strand gezogen?"
„Das Eis zerbricht sie sonst, Junge."
„Ganz schwarz und schlank sind sie. Und sie haben einen Mast, dünn wie Stricknadeln, Hedwig."
„Wartet nur, Kinder, wenn wir dort sind. Dann sind die Stricknadeln dick wie Männerbeine."
Albert fand Gefallen an den Schiffen. „Ich dachte immer, sie seien rot und blau und mit lustigen Wimpeln geschmückt."
„Geteert sind sie, geteert", erklärte Konrad.
Vorn kroch die Wagenschlange auf Bodenwinkel zu. Die beiden Hengste vor ihnen legten sich in die Riemen und schafften es nur mit Mühe, den schweren Leiterwagen die Bohlenauffahrt hinaufzuziehen. Einige Soldaten sprangen hinzu und faßten in die Speichen.

Lotter trabte an. Die Muskeln auf dem Rükken und über den Hinterbeinen traten hervor. Es war, als ob Lotter sein ganzes Gewicht in die Sielen legte.
Keine Männerkraft war nötig. Lotter zog den Wagen schnell auf die Uferstraße.
„Endlich wieder Erde unter den Rädern!" sagte Konrad.

Der Alte

Der Mond schob sich apfelsinenfarben über die Nebelbänke, als sie das Feuer löschten und loszogen. Im Wald war es dunkel. Der Weg schnitt eine Schneise in den Himmel. Das matte Licht des Mondes und der Sterne fiel durch diesen Spalt, so daß einer den anderen als Schatten deutlich erkennen konnte. Der Weg war nicht zu verfehlen.
Lange waren sie gegangen, als der Wald sich auftat. Über den Feldern und Wiesen wölbte sich klar die Nacht. Sie konnten weit sehen. Ein Gehöft lag ein wenig abseits. Durch das Stubenfenster fiel Licht.
„Ich habe Durst", sagte Andrzej. „Ich frage nach einem Schluck Wasser."

Sie bogen in die Einfahrt ein. Der Hund kläffte und zerrte an der Kette.
„Schlechte Wirtschaft!" knurrte Janec, als er den Hof sah. Der Wagen war achtlos abgestellt, Ackergeräte standen im Freien, das Scheunentor war nicht geschlossen.
„Sag doch schon polnische Wirtschaft", reagierte Basia empfindlich.
„Quatsch! Sei nicht so biestig. Du weißt, daß wir in diesem Land zu Hause sind."
„Eure Eltern denken anders darüber."
„Ja. Mist!"
Kristina klopfte an die Tür.
„Wer ist da draußen?" schrie eine Männerstimme von drinnen.
„Zwei Jungen und zwei Mädchen. Wir haben Durst."
„Junge Leute? Na, dann herein."
Die Tür war nicht verschlossen. In einem Korbsessel saß ein älterer Mann. Ein schneeweißer Sechstagebart wucherte in einem zerfurchten Gesicht. Blanke schwarze Augen blickten neugierig auf die späten Gäste.
„In der Kanne auf dem Herd ist Kaffee. Die Tassen stehen dort auf dem Tisch. Ihr müßt sie ausspülen. Seit meine Elžbieta tot ist, wird hier nur gespült, wenn es sich lohnt."
Er kicherte in sich hinein.
„Späte Rache", flüsterte er. „Sie hat mich bald

fünfundzwanzig Jahre kujoniert. Marek, Schuhe abputzen. Marek, schneuze nicht, nimm dein Taschentuch. Marek, das Dach muß geflickt werden. Marek, du hast deinen Sonntagshut nicht gebürstet.“ Er griff nach einem speckigen blauen Hut und hielt ihn ins Licht. „Den trage ich jetzt im Stall.“

Wieder kicherte er boshaft. „Späte Rache.“ Er besann sich auf seine Gäste. „Zucker ist in der Büchse auf dem Brett dort, Milch im Topf hinten auf dem Herd.“

Sie bedienten sich.

„Setzt euch. Ich hatte lange keinen Besuch.“

Die Verschnaufpause war ihnen willkommen. Sie hockten sich um den Tisch. Basia und Andrzej rutschten auf die Bank.

„Das ist gut“, sagte der Alte. „Ein rundum besetzter Tisch. Das ist gut.“ Er zog einen Holzspan aus einem Bündel, zündete ihn im Herdfeuer an und versuchte, seine erloschene Pfeife wieder in Brand zu setzen.

„Darf ich Ihnen eine Zigarette anbieten?“ fragte Janec.

„Sargnägel!“ schnaubte der Alte verächtlich und hüllte sich in beißende blaue Knasterwolken.

„Wo kommt ihr her?“ wollte er wissen.

Janina erzählte von ihrem Ausflug. Der Alte lachte in sich hinein.

„Laufen ist wohl nichts für feine Füße aus der Stadt", neckte er sie scherzhaft.
„Ich spüre gar nichts", prahlte Janec, hatte aber seine Schuhe unter dem Tisch bereits ausgezogen.
„Ich laufe mir bestimmt eine Blase", klagte Basia. „Meine Füße brennen schon jetzt."
„Ihr habt Musik gemacht, dort am See? Habt ihr Musik gemacht?" Er zeigte auf Andrzejs Gitarre.
„Ja."
„Spielt mir eins", bat er. „Ich höre gern Musik."
Andrzej zupfte lustlos die Saiten. Janec holte seine Mundharmonika aus der Tasche und legte los. Der Alte gefiel ihm. Kristina nahm die Teile der Flöte aus dem Etui und baute sie zusammen. Sie saß dicht neben dem Alten. Der strich mit dem Finger ganz zart über das schwarze Holz, über die silbernen Klappen und Reifen.
„Ein altes Instrument", sagte er „eine schöne Flöte."
„Verstehen Sie etwas davon?", fragte Janec erstaunt.
„Mein Vater besaß eine solche Flöte", erinnerte sich der Alte. „Wenn mein Vater einem Hochzeitspaar zum Tanz aufspielte, dann verstummten sogar die Vögel und lauschten. Gab

es Streit und lag eine Schlägerei in der Luft, dann brauchte mein Vater nur seine Flöte zu nehmen und zu spielen. Die größten Hitzköpfe vergaßen ihren Zorn und hörten zu."
Kristina wunderte sich über die Sprache des Mannes. Es schien mehr hinter diesem Bauern zu stecken als ein böser Alter, der seine Frau noch über das Grab hinaus haßte.
„Spielt Lieder, ihr jungen Leute, spielt mir die alten Lieder!"
Janec begann, und die anderen fielen ein. Janina sang mit ihrem hellen, kindlichen Sopran, Basias Alt und Andrzejs Bariton mischten sich darunter, und der Alte brummte den Baß. Er wiegte sich im Sessel, und sein Gesicht war ein einziger Glanz, eine einzige Freude.
„Wartet, wartet, ihr Freunde!" Er erhob sich vorsichtig aus dem Korbsessel.
„Der Rücken, der verfluchte", knurrte er und griff sich ans Kreuz.
Er schob einige Kloben in das Feuer. Dann hob er die Holzklappe im Boden, die das Treppenloch zum Keller verschloß. Er stieg vorsichtig die Stiegen hinab und kam wenig später mit zwei verstaubten Flaschen wieder herauf. Er hielt sie in das Licht.
„Dies hier", er wies auf eine rötlich schimmernde Flasche, „dies hier ist etwas ganz Besonderes. Hat meine Elžbieta gemacht. Und

von der Küche verstand sie viel. Stachelbeerwein. Ihr Wein war in der ganzen Verwandtschaft berühmt. Diese Flasche habe ich gerettet, als ihre Schwestern und Brüder nach Elžbietas Beerdigung alles wegsaufen wollten."
Er suchte nach dem Korkenzieher. „In der anderen Flasche ist frischer Korn. Den habe ich im Sommer selber gebrannt."
„Ist das nicht gefährlich?" fragte Kristina. Eigentlich hatte sie wissen wollen, ob das Schwarzbrennen nicht streng verboten sei.
„Brauchen keine Angst zu haben, Fräulein. Von Mareks Korn ist noch kein Mensch blind geworden. Habe so was schließlich lange genug in der Klinik im Labor geübt."
Er zog die Korken sanft aus den Flaschenhälsen und goß den Mädchen vom Wein, den Jungen Schnaps in die Tassen. Schon hob er seinen Becher, doch dann zögerte er, blickte nochmal auf die Flöte und sagte: „Ich habe früher oft mit meinem Vater zusammen gespielt. Wir waren eine begehrte Kapelle, meine Brüder, mein Vater und ich."
„Und was ist daraus geworden?" fragte Janec.
„Seit einundvierzig habe ich meine Geige nicht mehr hervorgeholt", sagte er, starrte eine Weile düster vor sich hin, stürzte aber dann seinen Becher hinunter und befahl: „Trinkt, Kinder, trinkt!"

„Nicht wahr?", freute sich der Bauer. „Sie sollten ihn aus einem Glase trinken", seufzte er und ging nach nebenan in die gute Stube. Sie hörten ihn kramen. Mit einem geschliffenen Glas und einem hölzernen Geigenkasten kehrte er zurück. „Das ist ein Glas, das zu Elžbietas Wein paßte", sagte er, schüttete den Rest aus Kristinas Tasse ins Glas und hielt es ins Licht. Rosé funkelte der Wein.
Dann löste der Alte die Hakenverschlüsse des Geigenkastens. Eine braungeflammte Geige hielt er behutsam in seinen Händen und drehte geschickt die zierlichen Wirbel. Kristina blies das A. Er schaute sie dankbar an. In wenigen Minuten hatte er die Saiten gestimmt, den Bogen gespannt und ihn über Kolophonium gestrichen. Dann hob er das Instrument gegen das Kinn.
Die Töne klangen auf, zittrig zunächst, doch dann klarer und sicherer. Das Lied von dem Mädchen, das den Ring des Liebsten in den Bach wirft. Kristina kannte es gut. Ihr Großvater hatte es oft gesungen, wenn er sonntags vor dem Hängespiegel stand und sich den Bart einseifte.
Sie blies mit. Auch Janec spielte, und Andrzej griff dazu ein paar Akkorde. Als der Alte die Geige sinken ließ, saß er eine Weile stumm, den Kopf tief auf die Brust gesenkt.

„Seit über dreißig Jahren haben Sie nicht mehr gespielt?“ fragte Andrzej. „Es ist, als ob Sie gestern die Geige aus der Hand gelegt hätten.“

„Warum haben Sie so lange nicht gespielt?“ fragte Basia. Er blickte auf, unsicher, ob er den fremden Leuten seine Geschichte erzählen sollte. Er entschloß sich dann aber doch dazu.

„Einundvierzig“, begann er, „ein schweres Jahr für uns. Hier in der Heide, in diesem Dorf lagen die Deutschen nicht. Aber oft genug kamen sie, forschten uns aus nach den Partisanen, die drüben in dem großen Wald ihre Schlupfwinkel hatten und dann und wann eine Lokomotive in Czersk in die Luft sprengten oder die Gleise der Bahn zerstörten. Wir kannten sie alle, die Männer aus den Wäldern. Mit der Dämmerung kamen oft zwei von ihnen mit ihren Fahrrädern ins Dorf dort drüben. Meine Mutter hatte den Kramladen. Aber zu verkaufen gab es nicht viel. Sie wollten auch nichts außer einer Flasche, einer Flasche von dem dünnen Bier, das damals gebraut wurde. Sie setzten sich auf die Mehlkiste und ließen sich erzählen, was es Neues von den Deutschen zu berichten gab. Sie fluchten, als sie hörten, daß sich alle eindeutschen lassen sollten, daß ihnen drei Kreuze zur Unterschrift genügten, um aus dem guten polni-

schen Ryszard Przybylski einen schlechten deutschen Richard Pribill zu machen.
Besonders ein langer Schlaks, nur wenig über zwanzig Jahre alt, regte sich jedesmal fürchterlich auf, wenn er hörte, was die Schwabis anstellten. Er fuchtelte dann mit seinem Karabiner wild in der Luft umher und fluchte, daß selbst den Alten der Atem stockte.
An einem schwülen Sommerabend nun saß dieser junge Mann mit einem älteren Partisan draußen vor dem Haus auf der Treppe. Ihre Karabiner hielten sie zwischen den Knien, und die Flaschen hatten sie neben sich gestellt.
In Czersk war seit drei Wochen ein neuer Standortkommandant eingezogen. Sein Name war in aller Munde. Er hatte siebzehn Männer, die sich nicht eindeutschen lassen wollten, kurzerhand verhaften lassen und sie nach Bromberg, wie sie Bydgoszcz damals nannten, ins KZ gesteckt. Er hatte alle Juden in einer einzigen Nacht mit Lastwagen auf Nimmerwiedersehen verschwinden lassen. Viel häufiger als je zuvor tauchten Militärstreifen in den Dörfern auf, schnell und oft unvermutet. Vor allem aber hatte er in einem Anfall von Wut geschworen, er wolle das ‚Partisanenpack', wie er es nannte, in seinem Bezirk ausrotten, koste es, was es wolle. Doch damit kam er

nicht recht vorwärts, denn unsere Wälder sind groß, und der Nachrichtendienst funktionierte.
An diesem fürchterlichen Abend nun erzählte meine Mutter, daß auf dem Friedhof an der Kirche eine Gruppe von Soldaten, wohl im Suff, die Grabsteine umgestürzt und zerschlagen habe. Nur die Steine mit deutschklingenden Namen hätten die Wüstlinge verschont. Die Empörung über diese Schändung war in der ganzen Gegend groß.
Der junge Partisan, vielleicht besonders reizbar durch die drückende Schwüle und durch den Schnaps, den meine Mutter spendiert hatte, sprang auf, schüttelte drohend seine Faust in Richtung Czersk, fluchte mit rotem Kopf Himmel und Hölle auf die Hitlerowskis herab, laut schreiend, und ließ doch dabei das Gewehr nicht aus der Hand. Plötzlich löste sich daraus ein Schuß. Der Knall schallte durch das ganze Dorf und wurde vom Walde zurückgeworfen. Stille senkte sich über die Häuser.
‚Idiot!' schimpfte der ältere Partisan, stand auf, nahm den letzten Schluck aus der Flasche und schulterte sein Gewehr. Da hetzte der Jüngste von Zabieskis auf einem ungesattelten Braunen die Straße herauf, sprang ab, außer Atem und stieß hervor: ‚Sie kommen! Haut ab!'

Die Partisanen schwangen sich auf die Räder und stiegen mit Macht in die Pedale. Ein Mannschaftswagen der Deutschen bog in die Dorfstraße ein.
Es war eine kurze Jagd. Dicht vor dem Wald fanden wir die gestürzten Räder, die zerschossenen Körper. Der Pfarrer hat sie in derselben Nacht noch begraben.
Am nächsten Morgen in aller Frühe kam der Kommandant selber mit einem kleinen Trupp seiner Leute. In unserer Gaststube gab es endlose Verhöre. Aber alle hielten dicht. Ja, man hatte die Männer gesehen. Ja, sie seien draußen vor dem Dorf mit ihren Rädern gefahren. Nein, im Dorf kannte sie niemand. Ja, den Schuß habe man gehört. Nein, niemand habe sich dabei etwas gedacht. Schließlich sei Krieg. Nein, Nachricht habe man ihnen nicht gegeben. Ja, man fühle sich schließlich als Deutsche. Ja, man habe sich eindeutschen lassen.
Da nun hakte der Kommandant bei meinem Vater ein.
‚Wie heißen Sie?' fragte er meinen Vater. Der nannte seinen Namen. Der Kommandant schaute ihn überrascht und interessiert an.
‚Sind Sie der Bauer, der mit seinen Söhnen auf Festen musiziert?' fragte er.
‚Ja, das sind wir', bestätigte Vater.

‚Spielen Sie vor!'
Vater rief uns. Wiktor spielte das Cello, mein Bruder Józef die Bratsche, ich die Geige und er die Flöte.
Mein Vater war ein Fuchs. Er blätterte in den Noten und schlug das Kaiserquartett von Haydn auf. Es ist die Melodie des deutschen Nationalliedes, aber nicht von Fanatismus zerhackt, nicht vom Marschtritt zerstampft, sondern zart, wunderbar melodisch.
Wir spielten es verhalten, so gut wir nur eben konnten. Es war das einzige Mal, daß ich den hageren, grauhäutigen Kommandanten freundlich sah. Er ließ uns zu Ende spielen, stand dann auf und sagte: ‚Sehr gut. Sie haben mich überzeugt.' Sein Lächeln verzerrte sich. ‚Kommen Sie heute um vier Uhr zu dem Hof der Rogalkas draußen vor dem Dorf. Alle. Mit Ihren Instrumenten. Verstehen Sie?'
Wir hatten zwar verstanden, begriffen aber gar nichts.
Es war gegen elf, als die Soldaten endlich abzogen. Wir fragten im Dorf, wir erkundigten uns bei den Rogalkas, aber keiner konnte sich einen Reim darauf machen. Es wuchs nur eine dunkle Angst in uns.
Lange vor vier schon kamen wir auf Rogalkas Hof an und setzten uns auf den Brunnenrand. Er war einer der besten Höfe der ganzen Um-

gebung. Die Rogalkas verschwanden kurz vor vier in den Häusern.
Pünktlich zur angesagten Zeit erschienen die Deutschen. Von drei Lastwagen sprangen die Soldaten und bildeten eine dünne Kette rund um das ganze Gehöft. Der Kommandant kletterte aus seinem Kübelwagen, nickte uns zu und marschierte zum Wohnhaus hinüber.
‚Sind Sie der Wojtek Rogalka?' fragte er den Bauern.
‚Ja.'
‚Ihr Hof ist beschlagnahmt.'
‚Aber wieso denn, Herr Major?'
‚Umgesiedelte Deutsche aus den Weiten Rußlands werden hier wohnen. Sie haben eine halbe Stunde Zeit, das Nötigste zu packen. Zwanzig Kilogramm Gepäck für jede erwachsene Person.' Er blickte auf die Uhr. ‚Sechzehn Uhr fünf', sagt er. ‚Um sechzehn Uhr fünfunddreißig fährt Ihre ganze Familie mit diesem Wagen.'
‚Auch die Kinder?'
‚Jawohl.'
‚Und die Mägde, die Knechte?'
‚Jeder, der sich auf dem Hof befindet.'
Der Bauer, gebeugt, nervös, rannte ins Haus zurück. Das Jammern der Frauen drang durch die geöffneten Fenster.
Wir hätten es wissen müssen. Wir hatten ja

längst davon gehört, daß Höfe umstellt und zwangsweise geräumt wurden. Die Menschen kamen ins Lager. Die umgesiedelten Deutschen aus Rußland erhielten Haus und Hof und Vieh und alles, was im Hause geblieben war. Der Kommandant schritt quer über den Hof auf uns zu. Breitbeinig stellte er sich vor uns auf.
‚Sie werden diese halbe Stunde lang musizieren. Zum Schluß das Deutschlandlied.' Er lächelte böse.
Vaters Augenlider zuckten nervös. ‚Das können Sie nicht von uns verlangen.'
Der Kommandant sagte: ‚Sie fühlen doch deutsch, nicht wahr?' Er spielte mit seiner kleinen 6,35er Pistole, die er aus der Tasche am Gürtel genommen hatte.
‚Na, wird's bald?' Er zog die Wörter lang auseinander.
Mein Bruder Wiktor, ein Kind beinahe noch und bleich vor Furcht, begann als erster sein Cello zu streichen. Und bald klangen über den Hof die Melodien unseres Quartetts. Der Vater hatte uns mit starrem Gesicht befohlen zu spielen. Der Ton seiner Flöte klang klar und rein. Wir spielten Bach-Choräle. Der Kommandant ließ uns zynisch lächelnd gewähren. Um halb fünf jedoch schnitt er unseren Choral ‚Wenn wir in höchsten Nöten sein' mit

einem dreifachen Händeklatschen ab. Die Rogalkas standen, mit Rucksäcken und Bündel bepackt, vor der Tür.
‚Ich liebe Bach', sagte der Kommandant. ‚Ich habe auch verstanden, warum Sie Bach spielten. Aber jetzt wähle ich. Spielen Sie das Deutschlandlied!'
Zum zweiten Male an diesem Tag klang Haydns Kaiserquartett auf. Erstaunt hörten wir Vaters Flöte, heller, klarer als er sie je geblasen.
Die Rogalkas bestiegen die Ladefläche des Lastwagens. Wojtek Rogalka ging als letzter. Er blieb vor uns stehen. Er spuckte auf den Boden.
Ein Soldat stieß ihn mit dem Gewehrkolben weiter.
Mitten in dem letzten Melodienbogen brach Vater mit einem schrillen Ton ab.
Der Motor heulte auf, der Kommandant sprang in seinen Wagen, fuhr dicht an uns heran, stoppte und rief: ‚Ihr spielt glänzend, ich komme auf euch zurück.'
Stumm, mit hängenden Köpfen standen wir schließlich allein im Hof. Nicht wütend, sondern eher von einer grenzenlosen Trauer erfüllt, zerbrach mein Vater seine Flöte über dem Brunnenrand und ließ die Stücke in den Schmutz fallen. Nie mehr seitdem erklang in

unserem Haus ein Instrument. Mein Vater, ein bislang fröhlicher Mann, wurde verschlossen und schweigsam und neigte zu Grübeleien.
‚Diese Menschen, diese Menschen', sagte er oft und oft."
„Er hätte besser sagen sollen: ‚Diese verdammten Deutschen'", sagte Andrzej. Kristina und Janina senkten den Kopf. Nur Janec wehrte sich müde: „Warum beschimpfst du uns, Andrzej? Wir waren damals nicht auf der Welt."
„Ach, ihr seid Deutsche?" fragte der Alte. „Vielleicht hätte ich das alles nicht wieder ausgraben sollen. Aber ihr mit eurer Musik ...
Er blickte auf seine Geige.
„Ich dachte gar nicht, daß es nach so vielen Jahren überhaupt noch geht." Er starrte auf seine ungelenken Finger. „Aber sie tun es noch."
„Übrigens verdanke ich die Geige", er blickte spöttisch auf Andrzej, „ausgerechnet einem Deutschen."
Sie blickten ihn erwartungsvoll an.
„Der Kommandant befahl uns schon drei Tage später nach Czersk. Mit unseren Instrumenten. Er hatte gehört, was mein Vater getan hatte. Wütend hat er alle unsere Instrumente beschlagnahmt. Ich trauerte meiner Geige nach.

An meinem achten Geburtstag hatte mein Patenonkel Pferd und Wagen genommen und war mit mir in die Stadt gefahren. Der Händler wollte uns unbedingt eine Schülergeige verkaufen. ‚Wer weiß, ob der Junge Talent hat', hatte er gesagt.
‚Der Junge hat Talent', behauptete mein Onkel und beharrte darauf, eine gute, eine sehr gute Geige zu kaufen. Lange prüfte er, wägte und verwarf, bis schließlich sein Blick auf dieses Instrument fiel.
‚Die will ich!', sagte er.
‚Gottchen, Gottchen', flüsterte der Händler erschrocken. ‚Die hat mein Vater vor Jahren einem Zigeuner für teures Geld abgekauft. Die kostet ihr Geld.'
‚Wieviel?', fragte der Onkel.
Der Händler rieb sich die Nase, druckste herum und nannte schließlich die riesige Summe von 270 Vorkriegszloty. Der Onkel zahlte, ohne zu handeln. Den Geigenkasten allerdings nahm er mit und fragte nicht, was er koste. Der Händler rieb sich dennoch die Hände.
Vierzehn Tage nachdem uns die Instrumente weggenommen worden waren, kamen drei Soldaten mit Rädern in unser Dorf. Einer hatte meinen Geigenkasten am Lenker hängen. Sie stiegen vor unserem Hause ab, und der mit

dem Geigenkasten betrat unsicher unseren Laden. Meiner Mutter reichte er die Geige und sagte: ‚Der junge Mann spielt wundervoll. Ich war dabei auf dem Hof der Rogalkas. Mich widert das alles an. Viele bei uns denken wie ich. Aber Sie kennen das ja, man wird geduckt und spielt mit.'
Schweigend starrte meine Mutter ihn an. Voll Abscheu. Aber dann schmolz ihr Haß unter seinem klaren Blick. Sie erkannte mit einem Male, daß niemand die Menschen zu Recht in Schubladen sperren darf: in die eine die bösen Deutschen, in die andere die guten Polen. Sie rief nach mir.
‚Nimm die Geige und bedanke dich', sagte sie.
‚Bei einem Deutschen?' begehrte ich auf.
‚Bei einem Menschen', sagte sie."

Quellenverzeichnis

– Tod am Brunnen:
aus: „Der lange Weg des Lukas B.“ von Willi Fährmann
copyright 1980 Arena Verlag GmbH, Würzburg

– Alte Ziegelei:
aus: „Der Mann im Feuer“ von Willi Fährmann
copyright 1989 Arena Verlag GmbH, Würzburg

– Treck über den gläsernen Sarg:
aus: „Das Jahr der Wölfe“ von Willi Fährmann
copyright 1962 Arena Verlag GmbH, Würzburg

– Der Alte:
aus: „Kristina, vergiß nicht …“ von Willi Fährmann
copyright 1974 Arena Verlag GmbH, Würzburg